클링조어의 마지막 여름

Klingsors Letzter Sommer

세계문학전집 230

클링조어의 마지막 여름

Klingsors Letzter Sommer

헤르만 헤세

황승환 옮김

민음사

머리말

    화가 클링조어는 마흔두 살이 되던 해에, 그가 전부터 좋아했고 종종 방문한 적이 있는 팜팜비오, 카레노, 라구노 근처의 남쪽 지방으로 가서 생애 마지막 여름을 보냈다. 거기에서 그는 마지막 그림들을 그렸다. 현상세계의 형식들을 자유롭게 해석한, 비틀어진 나무와 식물 같은 집을 그린, 기이하고도 빛나는, 그러면서도 고요한, 꿈처럼 고요한 그림들, 전문가들이 그의 '전성기' 그림보다 더 선호하는 그림들이 창작되었다. 당시 그의 팔레트에는 카드뮴 옐로, 카드뮴 레드, 베로나 그린, 에메랄드, 코발트, 코발트 바이올렛, 프렌치 버밀리언*, 제라늄 래커** 등 매우 빛나는 물감만이 몇 가지 담겨 있었다.

    클링조어가 죽었다는 소식은 늦가을에 그의 친구들을 경악

---

* 밝은 주황의 일종.

** 다홍의 일종.

시켰다. 그의 편지 가운데 상당수에는 죽음에 대한 예감 또는 소망이 담겨 있었다. 그 때문에 그가 자살했다는 소문이 생겨난 것일 수도 있다. 죽음과 연관된, 논란의 여지가 많은 다른 소문들도 자살 소문만큼이나 근거가 희박했다. 많은 사람들은 클링조어가 이미 죽기 몇 달 전부터 정신병을 앓아 왔노라고 수군댔으며, 어쭙잖은 지식을 가진 어떤 미술 평론가는 공인되지 않은 정신착란의 소문을 끌어와서는 클링조어의 마지막 그림들에서 드러나는 당혹스러움과 도취적인 요소를 해명하려고 시도했던 것이다! 이러한 풍문들보다 더 신빙성 있는 근거는 클링조어의 음주벽에 대한 수많은 일화들이다. 이러한 성향은 그가 분명 가지고 있던 것이었으며, 누구보다도 클링조어 자신이 이에 대해 솔직하게 털어놓았다. 그는 한동안, 그리고 생의 마지막 몇 달 동안에도 역시, 자주 폭음을 함으로써 즐거움을 느꼈을 뿐 아니라, 간신히 이겨 내고 있던 우수와 고통을 마비시키는 방편으로서 종종 의식적으로 포도주를 마시고 취하려고 했다. 심오한 주가(酒歌)를 불렀던 시인 이태백(李太白)이 그가 제일 좋아하는 인물이었으며, 취한 상태에서 자신을 이태백으로, 자신의 어떤 친구를 두보(杜甫)로 부르곤 했다.

그의 작품들은 계속해서 살아 있으며, 적어도 그와 친분이 있던 작은 집단에서는 그의 생애와 생의 마지막 여름에 대한 전설이 살아남아 지속되고 있다.

차례

1
클링조어

열정적이고 재빨리 소진되는 생명을 가진 여름이 시작되었다. 긴 낮은 찌는 듯했지만 불타는 깃발처럼 금방 타올라 버렸고, 짧고 무더운 달밤 다음에는 짧고 무덥고 비 내리는 밤이 이어졌다. 화려한 몇 주가 꿈처럼 빠르게, 온갖 형상들로 충만하여, 열병처럼 달아오르다가 사그라졌다.

자정이 지난 시간, 클링조어는 밤 산책을 마치고 집으로 돌아와서 작업실의 좁다란 석조 발코니에 서 있었다. 그의 발아래에는 오래된 테라스 정원이 현기증 날 정도로 깊게 가라앉아 있었다. 종려나무, 삼나무, 밤나무, 박태기나무, 붉은 너도밤나무, 유칼리나무, 그리고 그 나무들을 휘감고 있는 덩굴식물, 리아나*, 참등 따위가 빽빽하게 들어차서 혼잡해 보였다. 나무들이 만들어 내는 어둠 위로 큰 양철판 같은 여름 목련의 잎

---

* 열대산 칡의 일종.

들이 창백하게 반사되어 어슴푸레 빛나고 있었다. 사이사이에 눈처럼 하얀 꽃이 거대한 봉오리를 반쯤 닫고 있었는데, 크기는 사람의 머리통만 하고, 창백하기로는 달이나 상아에 비교될 만했다. 거기에서부터 은은한 레몬향이 위로 스며 올라왔다. 어디에선가 음악이 지친 날개를 달고 날아왔지만, 기타 소리인지 피아노 소리인지 구분이 되지 않았다. 갑자기 새장에서 공작이 두세 번 소리를 질러 댔으며, 숲이 우거진 밤은 괴로운 소리를 내는 공작의 짧고 불길하고 건조한 음향으로 인해 찢겼다. 마치 모든 동물 세계의 고통이 심연에서부터 기형적으로 날카롭게 울려 나오는 듯한 소리였다. 별빛은 숲이 우거진 계곡을 타고 흐르면서 끝없이 펼쳐진 숲 높은 곳에 고독하게 서 있는 낡고 하얀, 매혹적인 예배당에 눈길을 주었다. 호수와 산과 하늘은 저 먼 곳에서 서로 뒤엉겨 흘렀다.

클링조어는 속옷 차림으로, 맨살이 드러난 팔을 쉬 난간에 기대고 발코니에 서서, 화끈거리는 눈으로 약간 언짢은 듯이, 창백한 하늘에 있는 별들의 문자와 구름처럼 검게 덩어리진 숲 위 온화한 빛들의 문자를 읽었다. 공작의 울음소리에 그는 정신을 차렸다. 그래, 다시 밤이었다, 그것도 늦은. 그렇다면 잠을 자야만 할 텐데, 무조건, 어떤 일이 있더라도. 며칠 밤 동안 잠을 잘 수 있다면, 어쩌면 여섯 시간 내지 여덟 시간 동안만 제대로 잔다면 원기를 회복할 수 있을 텐데. 그렇게 된다면 화끈거리는 눈도 진정되고, 인내심도 되찾을 수 있을 것이고, 가슴도 더 편해지고, 관자놀이의 통증도 누그러들 텐데. 그러나 이 여름, 지독하게 깜박거리는 이 여름 꿈은 그렇게 지나갔고, 멋지게 깜박거리는 여름 꿈과 더불어 마시지 않은 수천 개의 술잔이 쏟아졌고, 눈에 띄지 않은 사랑의 눈길이 수천 번 꺾였으며, 되가져올 수 없는 수천 장의 그림이 보이지도 않게 사라져 버렸던 것이다!

이마와 아픈 눈을 서늘한 쇠 난간에 갖다 댔더니, 한동안 괜찮아졌다. 일 년쯤 지나면 — 혹은 더 이를지도 모르지만 — 그 두 눈이 보이지 않게 되고, 그의 가슴속 불도 꺼져 버릴지 모른다. 그래, 그 누구라도 이 불꽃처럼 타오르는 생을 오랫동안 지켜 낼 수 없을 것이다. 그 또한, 열 개의 목숨을 가진 클링조어 또한 버텨 낼 수 없을 것이다. 그 누구라도 오랫동안 밤낮 가리지 않고 자신의 모든 불을, 자신의 모든 화산을 불태울 수는 없으며, 그 누구라도 밤낮으로 계속해서 불꽃 속에서 있을 수는 없는 노릇이다. 계속해서 즐기면서, 계속해서 창조적으로, 모든 창문들 뒤쪽에서 매일 낮 음악이 울리고 매일 밤 수천 개의 촛불이 반짝이는 성처럼 계속해서 모든 감각과 신경을 명료하게 극도로 긴장시킨 채, 그는 매일 낮 여러 시간 동안 열정적으로 작업하고, 매일 밤 여러 시간 동안 열정적으로 생각했다. 이제 끝이 다가오고 있다. 이미 힘은 많이 소진되었고, 시력도 많이 약해졌다. 삶은 많은 피를 흘렸다.

그는 갑자기 웃음을 터뜨리고는 몸을 폈다. 이미 여러 번 그렇게 느꼈고, 이미 여러 번 그렇게 생각하고 그렇게 두려워했다는 사실이 문득 떠올랐다. 삶에 있어서 좋은, 풍요롭고 정열적인 시절마다, 청소년 시절에도 이미 그는 그렇게 살았다. 때로는 환호하고 때로는 흐느끼는 심정으로, 급격히 소진되는, 불타오르는 감정으로, 술잔을 한 방울도 남김없이 비우려는 필사적인 욕망으로, 종말에 대한 깊은 두려움을 감추며, 그는 자신의 양초를 양쪽에서 타오르게 했다.* 이미 그는 종종 술잔이 남김없이 비워지고 종종 불이 환하게 타오르는 듯이 그렇게 인생을 살았다. 때때로 그 끝은 깊은 무의식적 동면처럼 부드러웠다. 때때로 그 끝은 끔찍했다. 어리석은 황폐화, 견디기 어려운 고통, 의사들, 슬픈 체념, 무력함 등이 승리를 거두었다. 물론 회를 거듭할수록 작열했던 기간의 끝은 더 나빴고, 더 슬펐으며, 더 파괴적이었다. 하지만 그 끝은 언제나 살아남아 여러 주 혹은 여러 달 후, 고통과 마비가 지나간 후에 부활했다. 새로운 연소, 땅속에 있던 불의 새로운 폭발, 활활 타오르는 새로운 작품들, 새롭고 찬란한 삶의 도취, 이런 식이었다. 고통과 거부의 시간들, 비참했던 그 사이의 시간들은 잊히고 아래로 가라앉았다. 그것으로 괜찮았다. 종종 그래왔던 것처럼, 그런 식으로 진행되리라.

그는 미소를 머금으며 오늘 저녁에 보았던 지나를 머리에 떠올렸다. 밤늦게 집으로 돌아오는 길 내내 그의 머릿속은 그녀와 유희하느라 바빴다. 아직은 경험이 부족하고 소심한 격정을 지닌 이 소녀는 얼마나 예쁘고도 온화했던가! 그녀의 귀에 속삭이던 것처럼 다시 장난스럽고 부드럽게 중얼거렸다.

"지나! 지나! 카라 지나! 카리나 지나! 벨라 지나!**"

그는 방으로 되돌아가 전등을 켰다. 어지럽게 뒤엉킨 작은 책 더미에서 그는 빨간 표지의 시집을 한 권 꺼냈다. 시 한 편

---

* 초의 양 끝에 불을 붙여 더 빨리 더 밝게 타오르게 한다는 뜻으로, 짧지만 강렬하고 열정적인 삶에 대한 비유이며 다가올 클링조어의 죽음을 암시.
** 지나! 지나! 사랑하는 지나! 예쁜 지나! 아름다운 지나!(이탈리아어)

이 문득 그의 마음에 떠올랐다, 그에게는 형언할 수 없으리만치 아름답고 사랑스럽게 느껴지는 한 편의 시 중에서 어떤 구절이. 그는 그 부분을 찾으려고 시집을 오랫동안 뒤적였다.

나를 밤에, 고통에 내맡기지 말아 주오,
그대 가장 사랑스러운 이여, 그대 나의 월안(月顏)이여!
오, 그대 나의 인광(燐光), 나의 촛불,
그대 나의 태양, 그대 나의 빛이여!

그는 진한 포도주를 마시듯 이 구절을 천천히 깊게 음미했다. "그대 나의 월안이여!"와 "오, 그대 나의 인광"이라는 대목은 얼마나 아름답고 진심이 어려 있으며 매혹적인가.

그는 미소를 지으며 높은 창 앞을 왔다 갔다 하면서 이 구절을 중얼거리다가 지나를 생각하며 "오, 그대 나의 월안이여!" 하고 소리쳤는데, 그의 목소리는 애정이 넘쳐 저음으로 변하고 말았다.

그런 다음에는 낮에 오랫동안 작업하고도 저녁 내내 가지고 다녔던 스케치북을 펼쳤다. 그는 가장 애착이 가는 작은 스케치북을 펼치고는, 어제오늘 그린 가장 최근의 스케치들을 찾았다. 거기에는 암벽의 그림자가 짙게 드리워진 원뿔꼴의 산이 있었다. 그는 혐오스럽게 일그러진 얼굴 모양을 본떠 이 산을 그렸기 때문에, 벌어진 산이 마치 고통스러워서 비명을 지르는 듯이 보였다. 또한 산비탈에 있는 반원형의 작은 석조 분수를 그린 것도 있었는데, 아치형의 담벼락은 그림자로 검게 채워져 있었으며, 담 위에는 꽃이 핀 석류나무가 핏빛으로 빛나고 있었다. 이 모든 것은 오직 그만이 해독할 수 있는 암호였다. 순간을 탐욕적으로 재빠르게 기록한 것이자, 자연과 가슴이 새롭고 강렬하게 공명하는 순간에 대한, 황급히 흩어지고 마는 기억이었다. 그리고 좀 더 큰 색조 스케치, 수채화 물감을 칠해서 빛나는 유색 표면을 가진 하얀 도화지들도 있었다. 거기엔 초록 벨벳 위의 루비처럼 새빨갛게 빛나고 있는 수풀 속의 붉은 빌라, 그리고 카스티야 근처의 청록색 산 위에 붉게 걸려 있는 철제 다리들, 그 옆의 자줏빛 댐, 장밋빛 길이 있었고, 또한 벽돌 공장의 굴뚝, 나무의 서늘한 연초록 앞 붉은 폭죽, 푸른 이정표, 빽빽하고 두꺼운 구름이 있는 밝은 자줏빛의 하늘 등을 그린 스케치도 있었다. 이 스케치는 그의 마음에 들었으며, 따라서 폐기되지 않을 것이다. 축사 진입로 부근을 그린 것은 유감스러웠다. 강철 빛 하늘 앞의 적갈색은 제대로 표현되어 말을 하고 공명했지만 반 정도밖에 그리지 못했다. 햇빛이 스케치북에 반사되어 눈에 엄청난 통증을 일으켰기 때문이다. 그래서 그는 나중에 개천에서 한참동안 얼굴을 씻었다. 다음으로 불길한 금속성의 푸른색 앞에 갈색빛이 도는 붉은색이 있었는데, 이것은 마음에 들었으며 톤이나 울림을 손톱만큼도 왜곡하거나 잘못 표현하지 않았다. 카푸트 모르투움*이 없었더라면 이것을 제대로 표현하지 못했을 것이다. 여기, 바로 이 부분에 비밀이 있었다. 자연의 형식들, 위와 아래, 두꺼운 것과 얇은 것은 변화될 수 있으며, 자연을 모방하는 고루한 수단들은 모두 포기할 수도 있었다. 색채 또한 변조할 수 있었는데,

---

* 붉은 산화철 안료. 카디널 퍼플, 머미 브라운(이집션 브라운)이라고도 함.

색채들은 당연히 강화되거나 약화되거나 거칠게 칠해지거나 하는 등 수백 가지 종류로 변조가 가능했다. 그러나 우리가 색채로 자연의 일부분을 개작하려 한다면, 몇몇 색채들은 자연에서와 마찬가지로 한 치의 오차도 없이 정확하게, 유사한 관계에서 유사한 긴장 상태로 병치하는 것이 중요하다. 그런 한에서 우리는 여전히 자연에 의존적이며, 여전히 자연주의자이다. 우리가 비록 회색 대신 오렌지색을, 검은색 대신 크랩랙*을 썼더라도 말이다.

그렇게 날은 다시 저물었고 소득은 그다지 많지 않았다. 공장 굴뚝을 그린 것과 적청(赤靑)의 울림이 있는 다른 그림, 그리고 아마도 분수를 그린 스케치 정도일 것이다. 내일 구름이 하늘을 뒤덮는다면 그는 카라비나로 갈 것이다. 거기엔 여인네들이 빨래하는 장소가 있다. 만일 또다시 비가 온다면 그는 집에서 그 개울을 유화로 그리기 시작할 것이다. 이제 잠자리에 들어야지! 또 한 시간이 지나갔다.

그는 침실에서 속옷을 벗고 어깨 위쪽에서부터 물을 부었다. 물은 붉은 돌바닥으로 떨어지며 철썩 소리를 냈다. 그러고 나서 그는 높은 침대에 뛰어올라 불을 껐다. 창백한 살루테 산이 창으로 방안을 들여다보고 있었고, 클링조어는 침대에 누워 수천 번이나 그 산의 형태를 머릿속으로 그려 보았다. 계곡 쪽에서 올빼미의 울음소리가 꿈결처럼, 망각처럼, 깊고 공허하게 울려 왔다.

그는 눈을 감고서 지나를 떠올리고 빨래터를 생각했다. 아

---

* 서양 꼭두서니 뿌리에서 추출한 붉은 안료. 매더 레이크라고도 함.

아, 수천 가지 삶의 가능성이 대기하고 있고, 수천 개의 잔이 가득 채워져 있구나! 이 세상의 어떤 것도 인간이 그리면 안 되는 것은 없다! 이 세상의 어떤 여인도 사랑해서는 안 될 여인은 없도다! 시간은 왜 존재하는 것일까? 왜 항상 바보 같은 연속만 있고, 들끓어 오르는, 충족된 '동시'는 없는 것일까? 왜 그는 홀아비처럼, 노인처럼, 이제 다시 홀로 침대에 누워 있는가? 짧은 생애 전체를 통하여 우리는 즐길 수 있고 창작할 수 있지만, 언제나 노래를 연속으로 부를 수 있을 뿐, 결코 수백 가지의 음성과 악기들이 동시에 울리는 완전한 교향곡처럼 소리 낼 수는 없었다.

오래전에, 열두 살 때, 클링조어는 열 개의 목숨을 가지고 있었다. 당시 소년 클링조어는 도둑 놀이를 즐겼다. 도둑들은 각기 열 개의 생명을 가지고 있었는데, 추적자인 술래의 손이나 투창 막대기에 닿을 때마다 목숨을 하나씩 잃었다. 여섯 개, 세 개, 마지막 남은 한 개의 목숨으로도 아직은 술래에게서 빠져나와 자유로울 수 있었다. 열 번째가 되어서야 모든 것을 잃게 되는 것이었다. 그러나 그는, 클링조어는, 자신이 가진 열 개의 목숨 전부, 그 모두를 가지고 살아남는 것에 자부심을 가졌으며, 아홉 개나 일곱 개의 목숨으로 살아남는 것은 창피스러운 일이라고 공언했다. 그 시절 클링조어는 그러한 소년이었다. 세상에 불가능한 일이라고는 하나도 없고, 세상에 어려운 일이라고는 없었던 시절, 모두가 클링조어를 사랑하던 시절, 클링조어가 모두에게 명령을 하던 시절, 모든 것이 클링조어에게 귀속되었던, 믿기지 않는 시절에 말이다. 그는 그런 식으로 계속 행동했고 언제나 열 개의 목숨을 하나도 잃지 않은 채 살아남았다. 결코 충만감을 느끼거나 사방을 압도하는 교향곡에는 도달할 수 없었을지라도 — 그의 노래는 지금도 단조롭거나 빈약하지 않았다. 그는 연주를 할 때면 다른 이들보다 몇 대의 현악기를, 몇 가지 대책을, 이를테면 불 속에 몇 개의 쇳조각을, 자루 속에 몇 푼의 동전을, 마차에 몇 마리의 말을 언제나 더 가지고 있었던 것이다! 이 얼마나 다행인가!

어두운 정원의 적막은 사방을 꽉 채우며, 고동치며 이리로 울려오고 있었다, 잠자는 여인의 숨결처럼! 공작의 울음소리는 또 어떤가! 불은 가슴속에서 얼마나 활활 타오르고 있었던가. 심장은 얼마나 요동치고, 소리 지르고, 고통스러워하고, 환호하고 또 피를 흘렸던가. 때는 여기 높은 곳 카스타네타의 멋진 여름이었다. 오래되고 기품 있지만 지금은 폐허가 되다시피 한 집에서 그는 멋진 생활을 영위했고, 수백 그루의 밤나무가 유충 모양을 이룬 숲의 등성이를 내려다보고 있었다. 이 고귀하고 오래된 숲과 성의 세계에서부터 아래쪽으로 바라보이는 공장, 철도, 푸른 전차, 부둣가의 광고탑, 자태를 뽐내는 공작새, 여자, 목사, 자동차 등 다채로우면서도 기쁨을 주는 장난감을 멋지고 강렬한 색으로 그리고 싶다고 갈망하면서 길을 내려가는 것은 언제나 멋진 일이었다. 그의 가슴속에 들어 있는 이 감정은 얼마나 아름다우면서도 괴롭고 또한 납득하기 어려운 것이었던가! 그리고 삶의 모든 다채로운 끈과 자질구레한 조각에 대해 명멸하는 사랑과 욕망, 눈으로 보고 손으로 그리고 싶은, 이 달콤하고도 거친 충동. 그러나 동시에 은밀하게, 그 얇은 껍질 아래에서는 자신의 모든 행위가 천진난만하고 덧없다는 것을 진정으로 알고 있었다니!

짧은 여름밤은 열병이 가시듯 사라져 갔고, 안개가 푸른 계곡 바닥에서 솟아올랐다. 수십만 그루의 나무에서는 수액이 들끓었고, 클링조어의 선잠 속에서는 수십만 가지의 꿈들이 솟아 나왔다. 마치 주사위컵* 속에서 별이 총총한 하늘이 뒤죽박죽되어 흔들리기라도 하듯이, 그의 영혼은 매 장면마다 수십 개로 복제되어 비치고 매번 새로운 얼굴과 새로운 의미가 만나서 다시 결합되는 인생의 거울 회랑을 걸어 지나갔다.

그는 수많은 꿈의 형상들 가운데서도 다음과 같은 한 가지 형상에 매혹되었고 강한 인상을 받았다. 그는 숲 속에 누워 있었고, 붉은 머리칼의 여인이 그의 무릎을 베고 있었다. 어떤 흑인 여인이 그의 어깨에 기대어 누워 있었으며, 다른 여인은 그의 옆에 무릎을 꿇고서 그의 손을 잡고 손가락에 입맞춤을 하고 있었다. 그 주변 사방에는 여러 여인들과 소녀들이 있었는데, 일부는 가늘고 긴 다리를 가진, 아직 어린 소녀들이었으며, 일부는 한창 물오른 여인들이었고, 또 일부는 뭔가를 알고 있는 듯 움찔하는 얼굴에서 피곤한 기색이 역력하게 내비치는 성숙한 여인네들이었는데, 이 모든 여인들이 그를 사랑했고 모두가 그의 사랑을 받고자 했다. 그때 여인들 사이에서 노기가 터져 나오고 다툼이 생겼는데, 붉은 머리의 여인이 손을 잽싸게 움직여 흑인 여인의 머리채를 잡아채 땅바닥에 쓰러뜨렸고, 그러면서 자신도 쓰러졌다. 그러자 모두가 서로 뒤엉켜 소리지르고, 할퀴고, 깨물고, 고통을 주고받았다. 웃음소리, 분노에

---

* 주사위를 넣고 흔들어서 나온 주사위 눈의 숫자를 맞추는 게임에 사용하는 컵.

찬 고함 소리 그리고 고통으로 울부짖는 소리 등이 서로 얽히고설켰다. 사방에서 피가 흘렀으며, 손톱이 피투성이의 풍만한 육체를 파고들었다.

클링조어는 가슴이 갑갑하고 고통스러워 꿈에서 깨어났다. 그는 몇 분 동안 눈을 크게 뜨고서 벽에 난 구멍으로 빛이 들어오는 것을 물끄러미 바라보았다. 격노한 여인들의 얼굴이 아직도 눈앞에 선했다. 그들 가운데 상당수는 그가 익히 알고 있는 여인들이었고, 니나, 헤르미네, 엘리자베트, 지나, 에디트, 베르타 등 이름을 댈 수 있는 여인들이었다. 그는 여전히 꿈에서 헤어나지 못한 상태에서 잠긴 목소리로 외쳤다.

"이 사람들아, 그만들 둬! 너희들은 거짓말을 하고 있는 거야. 그래. 나를 속이고 있어. 너희들끼리 잡아 뜯을 것이 아니라 나를, 나를 그렇게 해!"

2
루이스

매정한 인간 루이스가 하늘에서 떨어졌다. 갑자기 여기 나타난 것이다, 클링조어의 오랜 친구, 여행자, 기차에서 살고 배낭이 작업실인 괴팍한 인간이. 그 즈음 족히 몇 시간 동안이나 하늘에서 빗방울이 떨어졌고 상쾌한 바람이 불었다. 그들은 욀베르크*와 카르타고에서 함께 그림을 그렸다.

"그림이라는 것 전부 도대체 가치가 있기나 한 것일까?"라고 루이스는 벌거벗은 채로 욀베르크의 잔디에 누워서 말했다. 그의 등은 햇볕에 타서 붉게 변해 있었다.

"달리 도리가 없어서 그럴 뿐이네, 이 사람아. 언제나 자네 마음에 드는 소녀를 품을 수 있고 오늘 먹고 싶은 스프가 지금 접시에 담겨 있다면, 자네는 이 얼빠진 애들 장난 같은 일로 골머리를 썩이지 않을 걸세. 자연은 수만 가지 색깔을 가지

---

* 예루살렘 동쪽에 있는 산. 올리브 산 또는 감람산이라고도 함.

고 있는데, 우리는 그 단계를 스무 개 정도의 색으로 축소해서 머릿속에 집어넣고 있네. 이것이 그림이야. 우리는 결코 만족할 수 없음에도 비평가들을 먹여 살리는 데 도움을 줘야 한다네. 훌륭한 마르세유식 생선 스프, 카로 미오*, 거기다가 부르군트산(産)의 작은 술 하나, 그다음엔 밀라노식 커틀릿, 후식으로는 배와 고르곤촐라 치즈 그리고 터키식 커피 — 이것이 실재라네, 이 양반아. 가치가 있는 것이란 바로 이런 것이야! 여기 팔레스타인 음식은 너무나도 형편없어! 아, 신이시여, 바라건대 내가 벗나무 위에 올라가 있다면 버찌들이 자라서 내 아가리로 들어오고, 내가 있는 사닥다리의 바로 위 칸에는 우리가 아까 만났던 갈색 피부의 앙칼스러운 소녀가 서 있다면 얼마나 좋을까. 클링조어, 그림을 접게! 내가 라구노에서 멋진 식사를 자네에게 대접하겠네, 시간이 없어."

"그럴까?" 하고 클링조어는 눈을 껌벅이며 물었다.

"그러세. 나는 먼저 정거장으로 빨리 가 봐야만 해. 음, 솔직히 말하자면, 여자 친구에게 내가 다 죽어 간다고 전보를 쳤다네. 그러니 그녀가 11시엔 도착할 걸세."

클링조어는 웃으며, 그리던 스케치를 그림판에서 떼어 냈다.

"자네 말이 옳네, 친구. 라구노로 가세! 옷을 걸치게, 루이지**. 여기 풍습이 그렇게 고약하진 않지만, 벌거벗은 채로 시내로 갈 수는 없는 노릇 아닌가."

그들은 작은 도시로 갔다. 기차역에는 어여쁜 아가씨가 와

---

* 원래는 '소중한 사람', 여기서는 '여보게, 친구' 정도의 의미.(이탈리아어)
** 루이스를 이탈리아식으로 부른 것.

있었다. 그들은 레스토랑에서 음식을 맛있고 기분 좋게 먹었다. 시골에서 몇 달 지내는 동안 이런 것들을 깡그리 잊어버렸던 클링조어는 송어, 연어 햄, 아스파라거스, 그리고 샤블리*, 발리스 돌**, 베네딕티너***와 같은 포도주 등 이 모든 것들이, 이 사랑스럽고 기분을 돋우는 것들이 여전히 존재하고 있다는 사실에 깜짝 놀랐다.

식사를 마친 다음, 그들 세 사람은 함께 케이블카를 타고 비탈진 도시 위쪽으로 올라가면서 집들 사이로 난 길을 가로지르며 창문들과 공중에 달아맨 듯한 정원을 스쳐 지나갔는데, 그것들은 매우 예뻤다. 그들은 케이블카에 계속 앉아서 내리지 않고 다시 한 번 올라갔다가 내려왔다. 세상은 이상할 정도로 아름답고 기묘했다. 매우 다채롭고, 무언가 의문스럽고, 무언가 믿기지 않는 구석이 있었지만, 그럼에도 대단히 아름다웠다. 클링조어는 내심 좀 당황했으나 냉정한 척했다. 루이지의 아름다운 여자 친구에게 빠지고 싶지 않았던 것이다. 그들은 다시 한 번 카페로 들어갔으며, 텅 빈 정오의 공원에도 가서 커다란 나무 아래 물가에 누웠다. 짙은 초록 가운데 있는 붉은 보석 같은 집들, 뱀처럼 늘어선 나무, 푸른 나무 그리고 바랜 가발을 쓴 듯한 갈색 나무 등, 그들은 그림으로 그렸으면 하는 많은 것들을 보았다.

"자네는 깃대, 광대, 서커스 등 내가 매우 좋아하는, 굉장히

* 프랑스 샤블리 지방에서 생산되는 포도주.
** 스위스 발리스(발레) 지방에서 생산되는, 알콜 함량이 높은 적포도주.
*** 중세 이래 베네딕트 교단에서 생산해 온 포도주.

사랑스럽고 재미있는 것들을 그렸어, 루이지." 클링조어가 말했다. "그러나 무엇보다도 가장 마음에 드는 것은 자네가 밤중의 회전목마를 그린 그림 위에 있는 반점(斑點)이네. 그곳의 자줏빛 천막 위로는 바람이 부는데, 밤에 모든 불빛들로부터 멀리 떨어진 공중 높이에 썰렁하게 매달려 있는 밝은 장밋빛의 작은 깃발이 얼마나 아름답고, 얼마나 썰렁하고, 얼마나 고독하며, 얼마나 지독하게 외로운지 아는가, 자네? 그것은 이태백의 시나 폴 베를렌의 시와 견줄 만하네. 이 작고 바보 같은 장밋빛 깃발에는 세상의 모든 우수와 체념이, 그리고 또한 우수와 체념을 웃어넘기는 모든 선한 웃음이 존재한다네. 이 작은 깃발을 그린 것으로 자네는 살 자격이 있는 것이네. 나는 이 작은 깃발을 높게 평가한다네."

"그래, 자네가 그걸 좋아할 줄 알았네."

"자네 자신도 또한 그걸 좋아하지 않는가. 이봐, 자네가 몇몇 그러한 것들을 그리지 않았더라면, 모든 좋은 음식과 포도주와 여자와 커피가 자네에게 아무런 도움도 되지 않았을 테고, 자네는 가련한 놈이 되었을 것이네. 하지만 자네는 멋진 놈이야, 사람들이 좋아하는 훌륭한 녀석. 여보게나, 루이지. 나도 종종 자네처럼 생각한다네, 우리가 하는 예술 행위 전체가 보상일 뿐이라고. 놓쳐 버린 삶, 놓쳐 버린 동물성, 놓쳐 버린 사랑에 대해 힘들고도 열 배나 더 비싼 대가를 치르고 얻는 보상이라고 말일세. 하지만 그렇지 않아. 전혀 달라. 우리가 정신적인 것을 감각적인 것의 결핍에 대한 임시 보상책이라고 간주한다면, 그건 감각적인 것을 과대평가하는 것일세. 감각적인 것이 정신적인 것보다 더 가치가 있는 것은 결코 아니네, 그 반대도 마찬가지고. 양자는 하나이고, 모두 똑같이 좋은 것이야. 자네가 어떤 여자를 포옹하든, 시 한 편을 쓰든, 그건 똑같은 것이란 말일세. 여기에 중요한 것, 즉 사랑, 불타오름, 사로잡힘 등만 있다면 자네가 아토스 산* 위의 수도승이건 파리의 바람둥이건 마찬가지란 말일세."

루이스는 천천히 조롱 조의 눈빛으로 클링조어 쪽을 바라보았다.

"여보게, 너무 그렇게 뻐기지 말게나!"

그들은 아름다운 여인과 그 지방을 두루 돌아다녔다. 보는 일에 있어서는 그들 둘 다 일가견이 있었고, 그렇게 할 수 있었다. 몇몇 작은 도시들과 마을들을 포함한 반경 안에서 그들은 로마를 보았고, 일본을 보았고, 남쪽 바다도 보았으나, 유희하는 손가락으로 그 환상을 다시 파괴했다. 그들은 기분 내키는 대로 하늘의 별에 불을 붙였다 껐다 했다. 생기 넘치는 밤 내내 그들은 발광탄을 쏘아 올리기도 했다. 세상은 비누 거품이었고, 오페라였으며, 명랑한 난센스였다.

자유로운 새 루이스는 클링조어가 그림을 그리는 동안 자전거를 타고 언덕 여기저기를 떠돌고 있었다. 며칠을 헛되게 보낸 다음에야 클링조어는 다시 밖에 앉아서 작업을 했다. 루이스는 작업하려 들지 않았다. 그는 여자 친구와 함께 갑자기 여행을 떠나서는, 멀리 떨어진 곳에서 엽서만 한 장 보내오기도 했다. 클링조어가 그를 깡그리 잊어버렸을 무렵, 갑자기 그가 다시 그곳에 나타났다. 마치 결코 떠난 적이 없었던 사람처럼, 그

* 그리스 동북부 마케도니아 지방에 위치한, 인구 약 2천 명의 수도승 자치국.

는 밀짚모자를 쓰고 풀어 헤친 셔츠 차림으로 문간에 서 있었던 것이다. 클링조어는 다시 한번 청춘의 가장 달콤한 술잔에서 우정이란 음료를 빨아들였다. 클링조어에게는 친구가 많았고, 많은 친구들이 그를 사랑했으며, 그도 여러 친구들에게 많은 것을 주고 자신의 성급한 가슴을 열어 보이기도 했다. 하지만 그의 입을 통해 나온, 오래 묵은 가슴의 외침을 들어 준 이는 이번 여름에도 역시 그들 중 단지 두 명, 화가 루이스와 두보(杜甫)라고 불리는 시인 헤르만뿐이었다.

루이스는 여러 날을 들판에서, 배나무 그늘에서, 자두나무 그늘에서, 화구 의자에 앉아 보내면서도 그림은 그리지 않았다. 그는 앉아서 생각했고, 종이를 화판에다 붙이고는 많은 편지들을 쓰고 쓰고 또 썼다. 그렇게 많은 편지를 쓰는 인간은 행복할까? 그는 진지하게 편지를 썼는데, 걱정이 없는 인간인 루이스, 그의 시선은 한 시간 동안이나 곤혹스러운 듯 종이에 매달려 있었다. 도를 넘어선 침묵이 그를 몰아댔다. 그 때문에 클링조어는 그를 좋아했다.

클링조어는 다른 방식으로 행동했다. 그는 침묵할 수 없었다. 그는 자기 마음을 숨길 수 없었다. 그는 몇몇만 알고 있을 뿐인 자기 삶의 은밀한 고통을 주변 사람들에게 알렸다. 종종 그는 두려움으로, 우수로 고통 받았으며, 종종 그는 암흑의 굴속에 갇혔고, 지나간 삶의 그림자가 이따금씩 그의 현재에 너무 커다랗게 드리워져서 현재를 검게 만들어 버렸다. 그럴 때는 루이스의 얼굴을 쳐다보면 마음이 편해졌다. 때때로 그에게 하소연하기도 했다.

하지만 루이스는 이러한 나약함을 달갑게 봐 넘기지 않았다. 이러한 나약함이 그를 괴롭혔고, 그의 동정을 요구했기 때문이다. 클링조어는 친구에게 심중을 드러내 보이는 일에 익숙해 있었는데, 그 때문에 친구를 잃을 수도 있다는 것을 나중에야 알았다.

루이스는 다시 여행 이야기를 끄집어내기 시작했다. 사흘이 되었건 닷새가 되었건, 아직 며칠은 그를 더 붙잡아 둘 수 있음을 클링조어는 알고 있었다. 그는 갑자기 자기에게 꾸린 짐을 보여 주고 떠나서는 오랫동안 되돌아오지 않을 것이다. 인생이란 얼마나 짧은 것인가! 또 모든 것은 되돌릴 수 없는 것 아닌가! 단지 어리석은 나약함과 편안함 때문에, 친구에 대해 전혀 노력하지 않아도 된다고 생각하는 욕심, 친구에게 어떤 비밀도 숨기지 않으려는 욕심, 친구에게 어떠한 침착한 태도도 유지하지 않으려는 욕심, 단지 어린애같이 점잖지 못한 욕심 때문에, 지금 그는 자신의 예술을 완전하게 이해해 주고, 자신과 근접해 있고 자신에 필적하는 예술성을 지닌 유일한 친구, 이 유일한 친구를 놀라게 하고 부담스럽게 해서 침묵하게 하고 마음을 가라앉게 만들었다. 이 얼마나 어리석고, 어린애 같은 짓이었는가! 그렇게 클링조어는 벌 받은 것이다, 너무나도 늦게 말이다.

마지막 날 그들은 황금 계곡을 가로질러 함께 도보 여행을 갔는데, 루이스는 기분이 굉장히 좋은 상태였다. 떠난다는 것은 자유로운 새에게 있어 삶의 기쁨이었다. 클링조어도 합세하여, 그들은 어린 시절의 경박하고 장난기 섞인 조롱 조의 말투를 다시 끄집어냈다. 그들은 그것을 그만두려 하지 않았다. 저녁 무렵 그들은 음식점의 정원에 앉아서, 생선을 굽고

쌀에 버섯을 넣고 복숭아에 마라스키노*를 부어 요리하도록 시켰다.

"내일 어디로 떠나려는가?" 하고 클링조어가 물었다.

"나도 모르네."

"그 아름다운 여인에게로 가는가?"

"그래. 아마도. 누가 그걸 알 수 있겠나? 너무 많이 묻지 말게. 우리 이제, 마지막으로, 좋은 백포도주를 마셔 보세. 나는 노이엔부르거**를 마시겠네."

그들은 술을 마셨다. 갑자기 루이스가 소리쳤다.

"떠난다고 생각하니 벌써 기분이 좋네, 늙은 바다표범 같은 친구야. 때때로 나는 자네 옆에 앉아 있으면, 이를테면 지금처럼 말이야, 갑자기 바보 같은 생각이 떠오르곤 하네. 지금 여기에 멋진 조국을 가진 두 명의 화가가 앉아 있다는 생각이 떠오르면 나는 섬뜩한 감정이 일어 오금이 저려 온다네. 우리 둘다 청동으로 만들어져서 손에 손을 맞잡고 기념비 위에 서 있어야만 할 것처럼.*** 아는가, 자네. 괴테와 실러처럼 말일세. 그들은 영원히 거기 서서 청동으로 된 손을 서로 맞잡고 있어야만 하고, 그들이 우리에게도 점점 숙명과 같이 되어서 우리가 그들을 싫어하게 되더라도 결국 어떻게 할 도리가 없는 것이네. 아마도 그들은 매우 세련되고 매력적인 양반들이였을 걸세. 예전에 실러의 작품을 한번 읽어 본 적이 있는데 정말 멋

---

* 알코올 함량이 높은 무색 증류주로, 크로아티아의 달마티아에서 나는 마라스카 버찌로 만듦.
** 스위스 노이엔부르크(뇌샤텔) 지방에서 생산되는 시고 떫은 포도주.
*** 괴테와 실러가 함께 서 있는, 바이마르 국립극장 광장 앞 동상을 말함.

지더군. 하지만 지금 그는 머리에 깁스를 하고서 허리가 붙은 자신의 샴쌍둥이 곁에 나란히 서 있어야 하는 유명한 짐승이야. 전집이 도처에 산재해 있고, 학교에서 강의된다는 것 말고는 그에게 남은 것이 뭐가 있는가. 그건 몸서리쳐지는 일이야. 100여 년 후에 어떤 교수가 학생들에게 '1877년 출생한 클링조어와 별명이 식충이었던 동시대인 루이스는 미술의 개혁자이다. 자연주의에서 색채를 해방한 화가, 더 세밀하게 말하자면 이 두 명의 예술가들은 명확하게 구분되는 세 시기로 나누어 볼 수 있다!'라는 설교를 한다고 생각해 보게. 차라리 나는 오늘 기차 아래에 깔려 버리는 편이 낫겠네."

"그 교수들이 기차 아래로 들어가는 편이 나을 거야."

"그렇게 큰 기차는 없네. 우리의 기술이 얼마나 하잘 것 없는 것인지 자네도 알지 않는가."

벌써 별들이 나타났다. 갑자기 루이스는 자신의 잔을 친구의 잔에 부딪쳤다.

"자, 건배하고 잔을 비우세. 그런 다음에 나는 자전거에 올라 작별을 고하겠네. 이별은 짧은 편이 좋아! 술값은 치렀네. 건배, 클링조어!"

그들은 건배를 하고 남김없이 잔을 비웠으며, 정원에서 루이스는 자전거에 올라 모자를 흔들면서 떠나 버렸다. 밤, 별들. 루이스는 중국에 가 있었다. 그는 전설이었다.

클링조어는 쓸쓸하게 미소 지었다. 그는 이 떠돌이를 얼마나 사랑했던가! 그는 자갈이 깔린 음식점 정원에 서서 텅 빈 길을 한참이나 멀거니 쳐다보았다.

3
카레노에서 보낸 하루

    클링조어는 바렝고에서 온 친구들과 아고스토, 에어질리아와 더불어 카레노로 도보 여행을 떠났다. 그들은 아침에 출발해 진한 향을 내뿜는 일본조팝나무 관목 사이를 지나다 아직 이슬을 머금고 있는 숲 가장자리의 거미줄을 보고 움찔했다. 가파르고 온화한 숲을 지나 팜팜비오 계곡으로 갔는데, 뜨거운 여름날 때문에 그곳의 노란 길섶은 마비된 것처럼 조용했고, 눈부시게 노란 집들은 반쯤 죽은 듯이 잠들어 앞쪽으로 기울어진 채 서 있었다. 물이 말라 버린 개울가에는 하얀 금속 빛깔의 수양버들이 황금빛 풀밭 위로 무거운 날개를 드리우고 있었다. 친구들의 행렬은 습한 초록 계곡을 뚫으며 장밋빛 길 위를 다채롭게 헤엄치고 있었다. 남자들은 리넨과 비단으로 된 흰 옷과 노란 옷을, 여자들은 흰 옷과 분홍색 옷을 입고 있었다. 에어질리아의 멋진 베로나 그린 양산은 마술 반지의 보석처럼 빛났다.

박사는 친근한 목소리로 우울하게 한탄했다.

"정말 애통한 일이네, 클링조어. 자네의 멋진 수채화가 십 년 후에는 모두 하얗게 되리라는 것 말이야. 자네가 애착을 가지고 있는 이 색깔들 모두가 그대로 유지되진 않을 테니까."

클링조어가 대꾸했다.

"그렇지. 설상가상으로 자네의 멋진 갈색 머리도 십 년 후에는 모두 잿빛으로 바뀌겠지, 박사. 그리고 얼마 후에는 우리의 예쁘고 화려한 뼈들도 이 땅 어딘가의 구멍 속에 놓일 것이고. 에어질리아, 유감스럽게도 당신의 그토록 아름답고 건강한 뼈도 말이지. 여보게들, 너무 늦지 않게 이제라도 인생에서 이성을 되찾아 보세. 헤르만, 이태백은 뭐라고 했는가?"

시인인 헤르만은 멈추어 서더니 말했다.

> 인생은 전광석화처럼 지나가고
> 그 광휘도 볼 수 있을 만큼 오래 남지는 않는구나.
> 천지는 움직이지 않고 영원히 서 있을진대,
> 변화하는 시간은 너무도 빨리 인간의 얼굴을 스쳐 가는구나.
> 오, 가득 찬 잔을 앞에 두고 앉아 마시지 않는 그대여,
> 오, 말해 보게, 자넨 도대체 누굴 기다리고 있는 건가?*

"아니, 다른 구절 말일세, 아침엔 여전히 검던 머리가……

---

* 헤세는 한스 베트게가 번안한 한시집 『중국 피리(Die chinesische Flöte)』(1907)를 통해 이태백과 두보를 알게 되었음. 이 시는 이태백의 「대주행(對酒行)」과 매우 유사함.

하는 대목 있지 않는가."라고 클링조어가 말했다.

헤르만은 곧 다음의 구절을 읊었다.

아침엔 그대의 머리가 검은 비단결처럼 빛났건만,
저녁엔 벌써 눈이 머리를 덮었구나,
산 몸뚱이가 죽어 가는 고통을 느끼지 않으려는 자는,
잔을 들어 달에게 술친구 하자고 청해 보오!*

클링조어는 약간 쉰 목소리로 크게 웃었다.

"브라보, 이태백! 그는 선견지명이 있었어, 그는 모든 걸 알고 있었어. 우리 또한 모든 걸 알지, 그가 우리의 현명한 옛 형제라는 걸. 오늘같이 취한 날은 그의 마음도 흡족할 걸세. 잔잔한 강 위에서 배를 타던 이태백이 물에 빠져 죽은 날도 오늘처럼 매우 아름다운 날이었을 걸세. 보게나, 자네들. 오늘 모든 것이 경이롭지 않은가."

"이태백은 강에서 어떻게 죽었나요?"

여류 화가가 물었다. 그러자 에어질리아가 듣기 좋은 저음의 목소리로 그녀의 말을 자르면서 말했다.

"아니, 그만들 두세요! 죽음에 관해 또 말하는 사람이 있다면 전 그 사람을 미워할 거예요. 피니스카 아데소, 브루토 클링조어!**"

클링조어는 웃으면서 그녀에게 다가갔다.

---

* 이태백의 「장진주(將進酒)」한 구절과 유사함.
** 이제 그만해요, 징그러운 클링조어!(이탈리아어)

"당신이 정말 옳아, 밤비나!* 내가 죽음에 관해 다시 한 번 말한다면 당신의 양산으로 내 두 눈을 찔러도 좋아. 오늘은 정말 경이롭네, 사랑하는 친구들이여! 오늘 새가 노래하네, 동화 속에 나오는 새가, 나는 그 새소리를 이미 아침나절에 들었다네. 오늘 바람이 부네, 동화 속에 나오는 바람이, 이 바람은 잠자는 공주들을 깨우고 머릿속의 이성을 흔들어 대는 천상의 아이라네. 오늘 꽃이 피네, 동화 속에 나오는 꽃이, 푸른 이 꽃은 일생 단 한 번 핀다네, 이 꽃을 꺾는 사람은 축복을 받은 사람이라네."

"저이가 하는 말이 무슨 뜻이죠?"

에어질리아가 박사에게 물었다. 클링조어가 그 말을 듣고 답했다.

"내 말은, 오늘은 결코 다시 오지 않으며 오늘을 먹고 마시고 맛보고 냄새 맡지 않는 사람에게 영원히 절대로 두 번 다시 주어지지 않는다는 거야. 태양은 두 번 다시 오늘처럼 빛나지 않을 거야. 태양은 하늘에서 목성과 나와 아고스토와 에어질리아, 우리 모두와 성좌를 이루고 있어. 이러한 상황은 결코, 결코 다시 오지 않아, 수천 년이 지나도 다시 돌아오지 않는다는 말이야. 행운이 올 것 같으니까 나는 지금 당신 왼쪽으로 조금 다가가서 당신의 에메랄드 빛 양산을 받쳐 들고 싶어. 그러면 양산 빛으로 인해 내 머리가 오팔처럼 보일 거야. 하지만 당신도 같이해 줘야 하고 노래를 불러야 해, 당신이 아는 가장 아름다운 노래를."

---

* 귀여운 친구야!(이탈리아어)

그는 에어질리아의 팔을 잡았으며, 날카롭게 보이는 그의 얼굴은 청록색 양산의 그늘 속에 창백하게 잠겼다. 그는 이 양산을 좋아했고 양산의 강렬한 달콤한 색채에 매혹되었다.

에어질리아는 노래를 부르기 시작했다.

일 미오 파파 논 부올레,
키오 스포스 운 베르살리에 ― *

목소리는 계속해서 이어졌고, 사람들은 노래를 부르며 숲 쪽으로 그리고 숲 속으로, 경사가 굉장히 가파른 곳까지 갔다. 양 옆으로는 고사리가 무성하고, 길은 사닥다리처럼 가파르게 높은 산으로 이어졌다.

"이 노래가 이렇게도 멋지게 직설적일 줄은 몰랐네!" 하고 클링조어가 칭찬했다.

"아버지는 언제나처럼 연인들의 관계를 반대했다. 그들은 날이 선 칼로 아버지를 죽였다. 아버지는 사라졌다. 그들은 밤에 그렇게 했는데, 달과 별들과 신만이 그것을 보았다. 달은 그들을 배반하지 않았으며, 별들은 침묵했고, 경애하는 신은 틀림없이 그들을 용서해 주실 것이다. 이 얼마나 아름다우면서도 솔직한가! 오늘날의 시인이었다면 그 연인들을 돌로 쳐 죽였을 것이네."

일행은 흔들리는 밤나무 그늘 사이사이로 들어오는 햇살을 받으며 협소한 산길을 기어 올라갔다. 클링조어가 앞을 쳐다볼

---

* 아버지가 원하지 않아요, 저격수와 결혼하는 걸 ― (이탈리아어)

때마다, 그의 눈앞에 여류화가의 가녀린 종아리가 투명한 스타킹 안에서 장밋빛으로 비쳐 보이곤 했다. 뒤를 돌아보면, 에어질리아의 검은 머리 위로 터기옥 색의 양산이 아치를 그리고 있었다. 그녀는 그 아래 자줏빛 비단옷을 입고 있었으며, 일행 가운데서 유일하게 흑인이었다.

파란색과 오렌지색의 어떤 농가 근처 초원에 먹음직한 초록빛의 여름 사과들이 떨어져 있었는데, 일행은 시원하고도 시큼한 사과를 맛보았다. 여류 화가는 전쟁 전에 언젠가 파리에서 센 강으로 소풍 갔던 일화를 정신없이 이야기했다. 그래, 파리, 복된 그 시절!

"그 시절은 다시 돌아오지 않아, 다시는."

"또한 돌아와서도 안 돼" 하고 클링조어는 격하게 소리치며 새매*처럼 뾰족한 머리를 격렬하게 흔들었다.

"무엇이든 되돌아와서는 안 돼! 도대체 무엇 때문에? 이 무슨 애들의 바람이란 말인가! 전쟁은 예전에 존재했던 모든 것을 낙원으로 여기도록 채색해 버렸어, 지독히 어리석은 것까지도, 가장 불필요한 것까지도. 그래, 좋아. 그땐 파리도 아름다웠고 로마도, 아를도 아름다웠어. 그렇다고 오늘 여기가 덜 아름다운 건가? 낙원은 파리도 아니고 평화롭던 시절도 아니야. 낙원은 여기야, 저기 산 위에 낙원이 있어. 한 시간쯤이면 우리는 낙원에 도착할 거야. 우리는 '오늘 네가 나와 함께 낙원에 있으리라.'**라는

---

* 시력이나 눈썰미가 좋은 사람을 새매에 비유함.
** 누가복음 23:43. 예수가 십자가에 못 박혔을 때, 그와 함께 십자가에 달린 강도가 죽기 직전 자신의 죄를 회개하자, 예수가 그에게 한 말.

말을 들은 그 강도라고."

그들은 얼룩얼룩 그늘이 진 숲길을 벗어나서 넓은 신작로로 나갔는데, 이 길은 밝고 뜨거웠으며 커다란 나선형을 그리며 산꼭대기로 이어져 있었다. 짙은 초록색 안경으로 눈을 보호하고 있던 클링조어는 사람들이 움직이는 것과 그들의 다채로운 위치 변화를 보기 위해 제일 뒤에서 걸어갔으며 때로는 뒤쳐져 있었다. 그는 일부러 작업을 하기 위한 어떤 것도 챙겨 오지 않았다. 심지어는 작은 메모장도. 하지만 수백 번 가만히 서서 그 장면들을 보고 감동받았다. 수척한 그의 형상이 아카시아 숲 옆의 불그레한 거리에 외로이 하얗게 서 있었다. 여름은 산 위로 뜨겁게 입김을 내뿜었고, 빛은 산머리에 수직으로 흘러내렸다. 색깔들은 깊은 곳에서부터 수백 가지로 피어올랐다. 초록빛과 붉은빛이 하얀 마을들과 화음을 이루며 울리고 있는 산들 위로 푸르스름한 다음 산들의 모습이 보였고, 그 아래에는 더 밝고 더 푸른, 새롭고 새로운 산들의 모습이, 그리고 꿈결처럼 까마득하게 멀리 눈 쌓인 산들의 수정 꼭대기가 보였다. 아카시아와 밤나무 숲 너머로는 암벽 등성이와 살루테 산의 혹처럼 솟은 산정이 더 탁 트여서, 더 강인하게, 불그스름하게 그리고 연한 자줏빛으로, 선명하게 솟아 있었다. 무엇보다도 아름다운 것은 사람들이었는데, 초록색 아래에서 그들은 꽃처럼 빛을 받으며 서 있었다. 에메랄드 색의 양산은 거대한 뿔풍뎅이처럼 빛나고 있었고, 에어질리아의 검은 머릿결이 그 아래에 있었다. 큼지막한 얼굴의 하얗고 여윈 여류 화가 그리고 다른 사람들. 클링조어는 갈증 나는 눈으로 그들을 들이마셨으나 그의 생각은 지나 곁에 있었다. 그는 겨우 일주일

만에 그녀를 다시 볼 수 있었다. 그녀는 시내의 사무실에 앉아 타이프를 치고 있었는데, 그가 그녀를 볼 수 있는 기회는 매우 드물었으며, 그녀가 혼자 있는 경우는 없었다. 그는 그녀를, 자신에 대해서 아무것도 모르는 그녀를, 자신을 알지도, 이해하지도 못하는 그녀를 사랑했으며, 다른 사람이 아닌 그녀를 사랑했다. 그녀에게 그는 드물고 희귀한 새일 뿐이었으며, 유명한 낯선 화가였다. 그가 바로 이런 그녀에게 자신의 바람을 걸고 있다는 점과 다른 어떤 사랑의 잔에도 만족하지 못한다는 점은 얼마나 기이한가. 그는 먼 길을 우회하여 어떤 여인에게 가는 일에 익숙하지 않았다. 그러나 지나를 위해서는 그렇게 했다. 한 시간 동안 그녀 옆에 있기 위해서, 그녀의 가녀리고 작은 손가락을 잡아 보기 위해서, 자기 신발을 그녀의 신발 아래로 밀어 넣어 보기 위해서, 그녀의 목덜미에다 재빨리 입맞춤을 해 보기 위해서 말이다. 그는 이 일에 대해서 곰곰이 생각해 봤는데, 자신이 생각해도 우스꽝스러운 수수께끼였다. 이것이 벌써 전환점이란 말인가? 이미 노년에 접어들었단 말인가? 이것은 스무 살짜리 아가씨를 향한 마흔 살 먹은 남자의 늦바람에 불과한 것인가?

그들이 산등성이에 도달하자, 저쪽으로 새로운 세계가 눈앞에 펼쳐졌다. 게나로 산이 믿기지 않으리만치 높다랗게, 굉장히 가파르고 뾰족한 피라미드와 원뿔 형태로 우뚝 서 있었으며, 태양은 그 뒤로 비스듬히 걸려 있었고, 모든 고원들은 에나멜처럼 반짝이며 짙은 자줏빛 그림자들 위를 떠다니고 있었다. 그리고 좁고 기다란 푸른 만(灣)이 끝없이 깊게 꼬리를 감추어 가고, 저쪽과 이쪽 사이에는 진동하는 공기가 초록빛 숲의 불꽃 뒤쪽에서 서늘하게 휴식하고 있었다.

작은 주택이 딸린 영지, 푸른색과 장미색으로 색칠이 된 네댓 채의 다른 석조 가옥들, 예배당 하나, 분수 하나, 벚나무들로 이루어진 산마루의 조그마한 마을. 일행은 분수 가의 양지쪽에 멈추었으나 클링조어는 아치문을 통과하여 그늘이 드리워진 농가 쪽으로 계속해서 걸어갔다. 몇 개의 작은 창문이 달린 푸른 집 세 채가 높이 솟아 있었다. 그 집들 사이에는 잔디와 조약돌이 있었고, 염소 한 마리와 쐐기풀도 있었다.

어떤 아이가 그의 앞쪽으로 달려오기에, 그는 주머니에서 초콜릿을 꺼내 그 아이를 유혹했다. 아이는 멈춰 서서 초콜릿을 낚아채서는 어루만지더니 입속에 구겨 넣었다. 놀라서 토끼 눈이 된 검은 눈, 갈색으로 빛나는 가녀린 맨발의 작고 가무잡잡하고 예쁜 소녀는 수줍음이 많았다. "어디에 살고 있니?"라고 그가 묻자, 아이는 집들 사이에 열려 있는 옆문 쪽으로 달려갔다. 원시시대의 동굴과도 같이 돌로 된 어두운 공간에서부터 어떤 여인, 어머니가 나타났는데, 그녀도 초콜릿을 얻었다. 지저분한 옷 밖으로 갈색의 목, 억세고 편편한, 볕에 그을린 아름다운 얼굴, 크고 두툼한 입술, 커다란 눈, 꾸미지 않은 달콤한 사랑스러움, 위대한 아시아풍의 표정에는 성적 매력과 모성애가 넓고 고요하게 서려 있었다. 그가 유혹하듯 그녀에게로 몸을 기울였더니 그녀는 미소를 머금은 채 그를 피하면서 아이를 자기와 그 사이로 밀어 넣었다. 그는 되돌아올 작정으로 계속 갔다. 그는 이 여인을 그리고 싶었다, 혹은 그녀의 애인이 되고 싶었다, 단 한 시간 동안만이라도. 그녀는 어머니, 아이, 애인, 동물, 마돈나, 이 모든 것이었다.

그는 천천히 일행에게로 되돌아왔으며, 가슴은 꿈으로 가득 차 있었다. 텅 비어 있고 잠긴 것처럼 보이는 저택의 영지 담벼락 위에는 낡고 삭은 대포알이 고정되어 있었으며, 음울한 계단이 관목림을 거쳐 작은 숲과 언덕으로 이어져 있었는데, 언덕의 제일 위쪽에는 기념비, 발렌슈타인의 복장과 곱슬머리와 물결 모양의 뾰족한 턱수염을 한 바로크풍의 흉상이 고독하게 서 있었다. 찬란한 정오의 햇빛 아래에서 산을 달구는, 섬뜩하면서도 환상적인 분위기에는 기묘함이 깃들어 있었다. 세계가 멀리 다른 음조 위에 있는 느낌이었다. 클링조어는 분수 가에서 물을 마셨는데, 호랑나비가 한 마리가 그 쪽으로 날아와서 석회석으로 된 분수대에 앉아 튄 물방울을 마셨다.

산등성이를 따라 산길이 계속 이어져 있었으며, 밤나무와 호두나무 아래엔 햇살이 비치는 곳도, 그늘이 지는 곳도 있었다. 어느 모퉁이의 오래되고 노란빛이 감도는 길섶 예배소 벽감에는 성자의 머리를 귀엽고 천진하게 그렸고 복장의 일부는 붉은 색과 갈색으로 칠했으며 나머지 부분은 부서져 떨어진 채 바랜, 오래된 그림들이 남아 있었다. 오래된 그림들이 꾸밈 없이 다가올 때마다 클링조어는 무척이나 기뻤다. 그는 그러한 프레스코화를 좋아했다. 그는 이 아름다운 작품들이 먼지가 되고 흙으로 되돌아가는 점을 사랑했다.

다시금 나무들, 포도 덩굴들, 눈부시게 빛나는 뜨거운 길. 또다시 길모퉁이. 갑작스런, 예기치 못했던 목적지가 바로 거기였다. 어두운 입구, 기쁘게 그리고 자긍심을 가지고 하늘을 향해 솟아오른, 붉은 돌로 지어진 크고 높은 교회, 햇빛과 먼지와 평화로 충만한 장소, 발치에서 부서지는 붉게 마른 잔디, 번쩍이는 벽에 반사되는 정오의 햇살, 쏟아지는 햇살 때문에 잘 보이지 않는 하나의 기둥과 하나의 조각상, 무한한 푸름 위로 넓은 광장을 둘러싸고 있는 돌난간. 그 뒤로는 굉장히 오래된, 좁은, 어두운, 이슬람풍의 카레노 마을이 있었다. 퇴색된 갈색 기와가 얹힌 초라한 돌집들, 꿈에서나 볼 수 있을 법하게 너무나도 좁아서 압박감을 주는 그리고 어둠으로 가득 찬 골목들, 작은 공간들은 갑자기 하얀 햇빛을 받아서 비명을 질렀다. 그곳은 아프리카이자 나가사키였다. 그 너머로 숲, 그 아래엔 푸른 낭떠러지, 하얗고 뚱뚱하게 살찐 구름들이 위쪽에 걸려 있었다.

클링조어가 말했다.

"웃기는 일이군. 우리가 세상을 조금 알기까지는 얼마나 긴 시간이 필요하단 말인가! 언젠가 내가 아시아에 갔을 때, 수년 전에 말이네, 나는 야간 급행열차에 몸을 싣고 이곳에서 6킬로미터쯤 떨어진 곳을 지나갔지, 10킬로미터였던가, 잘 모르겠네. 나는 아시아로 갔고, 당시에 내가 그리로 간 것은 불가피한 일이었네. 그런데 내가 거기서 봤던 모든 것을 나는 오늘 여기에서 보고 있네. 원시림, 열기, 무신경하고 아름다운 낯선 사람들, 햇빛, 성전 등을 말일세. 우리가 단 하루 만에 지구상의 세 곳을 방문하는 법을 배우기까지는 오랜 시간이 필요하다네. 여기가 그곳이네. 반갑네, 인도여! 반갑네, 아프리카여! 반갑네, 일본이여!"

친구들은 여기 위쪽에 살고 있는 어떤 젊은 부인을 알고 있었다. 클링조어는 그 미지의 여인이 사는 곳에 방문하기를 학

수고대하고 있었다. 그는 그녀를 산악 지대의 여왕이라고 이름 붙였는데, 그가 소년 시절에 읽었던, 신비로운 동양을 다룬 이 야기책에도 그런 이름이 등장했다.

기대에 가득 부푼 여행자들은 골목의 푸른 그림자 협곡을 지나갔다. 사람도 개도 닭도 흔적조차 보이지 않았으며, 그 어떤 소리도 들리지 않았다. 그러나 클링조어는 창 위쪽의 아치가 만들어 낸 옅은 그림자 속에서 어떤 형체가 소리 없이 서 있는 것을 보았는데, 그것은 검은 눈동자의 아름다운 소녀, 검은 머리에 붉은 두건을 쓴 소녀였다. 가만히 숨어서 이방인들을 바라보는 그녀의 시선이 그의 시선과 마주쳤다. 그들은 긴 숨을 쉬는 동안 서로를 바라보았으며, 눈과 눈을 통해 완전하게 그리고 진지하게, 남자와 소녀라는 두 낯선 세계가 한 순간 서로에게 근접했다. 그러고 나서 그들 두 사람은 짧지만 마음에서 우러나오는 이성간의 영원한 인사를, 해묵은, 달콤한, 갈망하는 적대감을 담은 인사를 미소로 교환했다. 낯선 남자가 집 모퉁이를 돌아 한 걸음 내디뎌 저쪽으로 사라지자, 소녀의 마음속 보물 상자에는 많은 그림들 옆에 또 하나의 그림이, 많은 꿈들 옆에 또 하나의 꿈이 덧붙여졌다. 절대로 만족할 줄 모르는 클링조어의 가슴에 작은 가시가 박혔으며, 일순간 머뭇거리며 되돌아갈까 생각하던 참에 아고스토가 그를 불렀고, 에어질리아가 노래를 부르기 시작했다. 그림자 벽이 저만치 물러갔고, 마법에 걸린 정오에 두 개의 작은 노란 궁전이 있는, 작고 눈부시게 밝은 광장이 고요하고 현란하게 서 있었으며, 좁은 석조 발코니와 닫힌 창의 덧문은 오페라의 제1막을 위한 멋진 무대 같았다.

"다마스쿠스* 입성. 여성들 가운데 진주와도 같은 파트메**는 어디에 살고 있지?"라고 박사가 소리 높여 말했다.

뜻밖에도 대답은 더 작은 궁전에서 나왔다. 닫혀 있는 발코니 문 뒤의 서늘한 어둠 속에서 기이한 소리가 다시 한 번, 그리고 똑같은 소리가 열 번이나 더, 그러고는 한 옥타브 높여서 열 번이나 들렸다. 조율된 그랜드 피아노, 다마스쿠스 가운데서 완전한 음정으로 노래하는 그랜드 피아노였다.

여기 있음에 틀림이 없었다, 여기에 그녀가 살고 있었다. 그러나 그 집에는 문이 없는 것 같았는데, 두 개의 발코니가 있는 장밋빛의 노란 벽만 있을 뿐이었고, 그 위 박공의 회반죽 벽에는 푸르고 붉은 꽃과 앵무새가 그려진 오래된 그림이 있었다. 그려진 문이 그쯤에 있어야 하는데, 그래서 그 문을 세 번 두드리고 솔로몬의 암호***를 대면, 그림으로 그려진 현관이 열리면서 페르시아 향유의 냄새가 방랑자를 맞아들이고, 베일 뒤 높은 왕좌에 산악 지대의 여왕이 앉아 있을 텐데. 여자 노예들이 그녀의 발치 아래 계단에 쪼그리고 앉아 있고, 앵무새는 그림에서 빠져나와 새된 소리를 내면서 주인의 어깨 위로 날아오르리라.

그들은 골목길에서 조그만 문을 발견했다. 사나운 초인종, 그 빌어먹을 장치는 불쾌하게 찢어지는 소리를 냈다. 사닥다리처럼 좁고 가파른 계단이 위쪽으로 이어져 있었다. 그랜드 피

---

* 시리아의 수도로 세계에서 가장 오래된 도시 중 하나.

**『천일야화』에 나오는 예언자 마호메트의 딸로, 헤세가 소년 시절부터 꿈에 그렸던 동방의 공주. 그가 쓴『동방순례』에도 등장.

*** 선한 정령을 불러내는 주술 책『솔로몬의 열쇠』에 나오는 주문을 가리키는 것으로 보임.

아노가 이 집으로 어떻게 들어올 수 있었는지 도무지 상상조 차 되지 않았다. 창문으로 들어왔을까? 천장으로?

좁고 가파른 계단이 삐걱대는 커다란 소음이 들린 다음, 검 고 커다란 개가 달려왔고, 작은 금발의 사자가 그 뒤를 따라 왔다. 뒤쪽에서는 그랜드 피아노가 같은 음조를 열한 번 노래 했다. 장밋빛으로 희게 칠한 방에서부터 부드럽고 달콤한 빛이 솟아 나와서 문에 반사되었다. 저기에 앵무새가 있는 건가?

갑자기 산악 지대의 여왕이 거기에 서 있었다, 팽팽하면서 도 깃털처럼 부드러우며 가녀리면서도 탄력 있는 꽃, 새빨간 옷을 입고 타오르는 불꽃, 청춘의 초상이. 클링조어의 눈앞에 서 그가 좋아하는 수백 점의 그림들이 흩날리며 사라지고 새 로운 그림이 찬란하게 솟아났다. 그는 그녀를 있는 그대로 모 방하는 것이 아니라 그가 받아들인 그녀 속의 빛을, 시를, 애 정이 깃들어 있으면서도 냉담한 울림을, 즉 청춘, 금발, 아마존 등을 그리게 될 것이라고 금방 깨달았다. 그는 그녀를 한 시간 혹은 아마도 여러 시간 동안 응시하리라. 그는 그녀가 걷는 것 을 보고, 앉는 것을 보고, 웃는 것을 보고, 어쩌면 춤추는 것 도 보고, 아마도 노래 부르는 것도 들으리라. 그날은 절정에 이 르렀고, 그날은 의미를 찾았다. 거기에 덧붙을 수 있는 것은 선 물이었고, 잉여였다. 언제나 그러했다. 체험은 절대 홀로 오지 않았으며, 언제나 새들이 그에 앞서 날아왔으며, 항상 그에 앞 서 심부름꾼과 전조가 먼저 왔다. 저 문 아래에서 본 모성적인 아시아 여인의 동물 같은 눈빛, 창가에 서 있던 검은 피부의 예쁜 마을 소녀, 그리고 이런 저런 것들이 그 전조였다.

어떤 생각이 불현듯 그의 뇌리를 스쳤다.

"내가 십 년만, 더도 말고 십 년만 더 젊었다면, 그녀가 나를 가질 수 있었을 텐데. 나를 사로잡고 나를 마음대로 주무를 수 있었을 텐데! 아니야, 당신은 너무 젊어, 당신, 붉은 옷을 입은 작은 여왕이여! 당신은 늙은 마술사 클링조어*에게는 너무나 젊어! 클링조어는 당신에게 감탄할 것이고, 당신을 속속들이 알게 될 것이며, 당신을 그림으로 옮기고, 당신의 청춘을 읊은 노래를 영원히 기록해 놓을 것이다. 그러나 그는 당신에게로 가는 순례 여행은 하지 않을 것이며, 당신을 찾아 사다리를 오르지도 않을 것이며, 당신을 살해하지도 않을 것이고, 당신의 아름다운 발코니 앞에서 세레나데를 부르지도 않을 것이다. 아니, 유감스럽게도 그는 이 모든 일들을 하지 않을 것이다, 늙은 화가 클링조어, 이 늙은 양은. 그는 당신을 사랑하지 않을 것이고, 당신에게 눈길조차도 주지 않을 것이다. 그가 아시아풍의 여인에게 주었던, 검은 옷을 입고 창가에 서 있던 여인에게 주었던, 아마 당신보다 결코 젊지 않은 그 여인에게 주었던 그 눈길을 말이다. 그녀에 비하면 그가 늙은 편이 아니지만, 오직 당신에게는, 산악 지대의 여왕, 산속의 붉은 꽃 당신에게만은, 당신, 패랭이꽃에게만은 그가 너무 늙었다. 당신에게는 클링조어가 하루 낮을 일로 꼬박 지새우고 하루 저녁 붉은 포도주를 들이켜는 사이에 주는 사랑만으로는 턱없이 부족하다. 차라리 내 눈이 당신을 들이마시는 편이 훨씬 나을 것이

---

* '클링조어'라는 이름이 마술사로 등장하는 최초의 작품은 볼프람 폰 에셴바흐의 대서사시 『파르치팔(Parzival)』(13세기)이며, 바그너가 쓴 동명의 오페라(1877)에도 등장.

다, 가녀린 불꽃이여, 설혹 이미 오래전에 불이 꺼졌더라도 나는 당신을 알아볼 수 있을 것이다."

바닥이 돌로 된 방들과 열린 아치문을 통해 사람이 홀로 들어왔다. 바로크풍의 조야한 석고상이 높은 문들 위에 가물거리고 검은 프리즈* 위로 빙 둘러 그린 돌고래들과 하얀 말들과 장미색의 어린 에로스들이 사람들로 붐비는 전설의 바다를 가로질러 헤엄치고 있었다. 몇 개의 의자와 바닥에는 부서진 그랜드 피아노의 조각들뿐, 그 밖에는 그 큰 방에 아무것도 없었다. 그러나 빛나는 오페라 무대 위에 매혹적인 두 개의 문이, 비스듬히 날개를 펴고 있는 옆 궁전의 두 개의 작은 발코니들로 연결되어 있고, 그 발코니들에도 그림이 그려져 있었다. 거기에는 붉고 살이 오른 피리새가 태양 가운데 금붕어처럼 헤엄치고 있었다.

사람들은 더 이상 다음 장소로 움직이지 않았다. 홀에서 가지고 온 음식을 모두 꺼내 식탁을 차렸다. 북쪽 지방에서 온 귀한 아이스 와인, 갖가지 추억을 여는 열쇠인 포도주가 나왔다. 피아노 조율사는 달아나 버렸고, 망가진 그랜드 피아노는 침묵했다. 클링조어는 생각에 잠긴 채 겉으로 드러난 내장 같은 피아노의 현(絃)을 물끄러미 바라다보고 있었다. 그러고는 뚜껑을 살며시 닫았다. 눈은 아파 왔지만, 그의 가슴에서는 여름날이 노래했으며, 사라센풍의 어머니가 노래를 불렀고, 카레노의 꿈이 푸르게 부풀어 오르면서 노래를 했다. 그는 식사를 하면서 다른 잔들과 잔을 부딪쳤고, 밝고 쾌활하게 말했다. 이

---

* 건축물의 내벽이나 외벽, 기구의 외면에 붙이는 띠 장식.

44

모든 것 뒤에서는 그의 작업실에 있는 도구*가 작동했다. 물이 물고기를 감싸듯이 그의 시선은 술패랭이꽃과 빨간 꽃 주변에 머물렀으며, 정확한 셈을 하는 것처럼 부지런한 기록자가 그의 머리 속에서 형식, 리듬, 운동 등을 기록했다.

대화와 웃음이 텅 빈 홀을 가득 채웠다. 박사는 현명하고 온화하게 웃었으며, 에어질리아는 깊이 있고 친절하게, 아고스토는 지하 세계의 웃음처럼 큰 소리로, 여류 화가는 새처럼 경쾌하게, 시인은 재치 있게, 클링조어는 재미있게 말했다. 붉은 여왕은 관찰하면서 그리고 약간은 수줍어하면서 손님과 돌고래와 말들 사이를 이리저리 거닐었고, 여기 혹은 저기에, 피아노 옆에도 서 있었고, 쿠션 위에 웅크리기도 했고, 빵도 잘랐으며, 미숙한 소녀의 손으로 포도주를 따르기도 했다. 서늘한 홀에 기쁨이 울렸다. 눈들은 검고 푸르게 빛났고, 밝고 높은 발코니 문들 앞에 눈 먼 정오가 경직된 자세로 보초를 서고 있었다.

귀한 포도주가 맑은 소리를 내며 잔으로 흐르면서, 더운 음식이 없는 간단한 식사와는 애정 어린 대조를 이루었다. 여왕의 옷에서 나온 붉은 빛이 높은 홀에 밝게 흘렀으며, 뭇 남성들의 시선이 그 뒤를 놓치지 않고 경쾌하게 따랐다. 그녀는 홀연 사라졌다가 초록색 가슴받이를 하고 다시 나타났다. 그녀는 다시 사라졌다가 나타났는데, 이번에는 푸른 두건을 두르고 있었다.

식사를 마친 다음, 피곤하기도 하고 배도 부른 그들은 즐겁게 숲으로 가서 잔디와 이끼 위에 몸을 눕혔다. 양산은 빛났

---

* 머리뼈 속에 든 두뇌를 작업실의 도구에 비유한 것.

고, 밀짚모자 아래에는 번쩍이는 얼굴들이 빛났으며 해가 떠 있는 하늘은 찬란하게 타오르고 있었다. 산악 지대의 여왕은 초록의 잔디에 붉게 누워 있었다. 그녀의 기품 있는 목은 불꽃 위로 밝게 솟아 있었으며, 그녀의 높은 신발은 늘씬한 발에 꼭 맞도록 생기 있게 신겨 있었다. 그녀 가까이에 있던 클링조어는 그녀를 읽고 연구했다. 소년 시절 산악 지대의 여왕에 관한 마술 이야기를 읽고 가슴이 충만했을 때처럼 그의 가슴은 그녀로 가득 채워졌다. 그들은 휴식을 취했고, 졸기도 하면서 수다도 떨었다. 개미와 싸우기도 했고, 뱀이 지나가는 소리를 들었다고 생각하기도 했다. 뾰족한 너도밤나무 열매 껍데기가 여성들의 머리에 매달려 있기도 했다. 사람들은 지금 함께 있었으면 좋았을, 먼 곳에 있는 친구들을 생각했다. 그런 친구들이 많지는 않았다. 회전목마와 서커스의 화가이자 클링조어의 친구인 매정한 루이스가 그리웠다. 그의 환상적인 정신은 그 자리 주변을 떠다니고 있었다.

오후가 낙원에서의 일 년처럼 지나갔다. 작별을 할 때는 많이들 웃었다. 클링조어는 여왕, 숲, 궁전, 돌고래 홀, 두 마리의 개, 앵무새 등 이 모든 것을 그의 가슴에 담았다.

그는 친구들 틈에 끼어 산을 내려가면서 점점 즐겁고 황홀한 기분을 느꼈는데, 이는 어쩌다가 마음이 내켜 작업을 쉬었던 그런 날에만 느낄 수 있는 것이었다. 그는 에어질리아, 시인 헤르만, 여류 화가와 손에 손을 맞잡고 햇살이 비치는 산길을 내려가면서 춤을 추고 노래를 부르기 시작했다. 아이들처럼 재담과 말장난을 즐기면서 흥겨워했으며, 기꺼이 웃었다. 다른 사람을 놀라게 할 요량으로 앞서 달려가서 몸을 숨기기도 했다.

그런 식으로 그들은 빨리 갔지만, 태양은 더 빨리 갔다. 그들이 팔라체토 근처에 이르렀을 때 태양은 이미 산 뒤로 넘어갔으며 저 아래 계곡에는 벌써 저녁 시간이 찾아왔다. 그들은 길을 잘못 들어서 너무 아래로 내려온 까닭에 배도 고프고 피곤했다. 그래서 내내 궁리해 냈던 저녁 계획, 즉 코른을 거쳐 바렝고로 가서 호수 주변에 있는 마을의 식당에서 생선 요리를 먹기로 한 계획을 포기하지 않을 수 없었다.

길가의 담 위에 올라앉아 있던 클링조어가 말했다.

"여보게, 친구들. 우리가 세운 계획은 정말 멋진 것이었네. 어부의 집이나 몬테도로 식당에서 맛있는 저녁을 먹기로 했던 것은 정말 고맙게 생각해. 하나 우리는 더 이상 갈 수가 없어. 적어도 나는 그래. 나는 지쳤고 허기진다네. 여기서 멀지 않은 곳에 있을 다음 그로토*까지는 어떻게든 가 보겠지만 그 이상은 한 걸음도 걸을 수 없을 것 같네. 거기에는 포도주와 빵이 있을 거야. 그것으로 족하지. 같이 갈 사람 있는가?"

그들은 모두 함께 갔다. 가파른 산비탈의 숲에서 좁은 테라스에 돌 벤치들과 짙은 나무색의 식탁이 놓여 있는 그로토를 곧 찾을 수 있었다. 암벽을 파서 만든 지하실에서 주인은 시원한 포도주와 빵을 가져왔다. 이제 일행은 말없이 식사를 했다. 드디어 앉을 수 있다는 것이 즐거웠다. 높은 나무줄기 뒤로 낮이 꺼져 갔고, 푸른 산은 검게, 붉은 길은 하얗게 되었다. 아래쪽 어둠이 깔린 길에서 마차가 지나가는 소리와 개 짖는 소리가 들려왔고, 하늘에서는 별이, 땅에서는 불빛이 서로서로 구

---

* 지하 포도주 저장소 혹은 포도주를 파는 간이주점.

분되지 않은 채 여기저기에서 솟아났다.

　클링조어는 행복하게 앉아서 휴식을 취했고, 어둠 속을 들여다보았다. 검은 빵으로 천천히 배를 채우면서, 포도주가 든 푸르스름한 잔을 조용히 비웠다. 그는 포만감을 느끼고는 다시 수다를 떨었고, 노래를 부르기 시작했다. 박자에 맞추어 몸을 좌우로 흔들었다. 여자들과 장난도 치고, 머리칼 냄새로 그녀가 누군지 알아맞히기도 했다. 포도주는 맛있었다. 오래된 유혹자*, 그는 계속 가자는 제안을 쉽게 설복시키고는 포도주를 마시고, 권하고, 상냥하게 건배를 하고, 새 포도주를 가져오게 했다. 허무를 상징하는 세속적인 푸르스름한 잔에서부터 다채로운 마술이 슬금슬금 피어올라서 세상을 바꾸었고 별과 빛을 채색했다.

　그들은 황금 새장 속에 있는 새들인 양 세상과 밤의 심연 위 흔들거리는 시소에, 고향도 없이, 중력의 부담감도 없이, 별을 마주 보며 높이 앉아 있었다. 그들 새들은, 노래했고, 이국적인 노래를 불렀으며, 도취된 가슴에서부터 밤 속으로, 하늘로, 숲으로, 의문에 가득 찬 매혹적인 우주로 상상의 나래를 펼쳐 갔다. 별과 달로부터, 나무와 산골에서부터 대답이 왔으며, 괴테가 거기 앉아 있었고 하피스**도 있었으며, 이집트에서는 뜨겁게, 그리스에서는 내밀하게 향내가 피어올랐고, 모차르트가 미소를 지었으며, 후고 볼프***는 이 이상한 밤에 피아노를

---

* 클링조어 또는 포도주.
** Hafis, 1326~1389. 페르시아의 시인.
* Hugo Wolf, 1860~1903. 오스트리아의 작곡가.

연주했다.

갑자기 굉장한 소음이 터져 나왔고, 불빛이 폭발음을 내며 번쩍였다. 그들의 아래쪽에서 백여 개의 현란한 불이 켜진 창이 달린 기차가 지구의 심장부를 관통하여 산으로, 밤 속으로 날아가고, 위쪽 하늘에서는 보이지 않는 교회의 종소리가 들려 왔다. 숨어서 기다리던 반달은 식탁 위에 모습을 드러내어 짙은 포도주를 반짝이며 내려다보았고, 어둠을 가르고 여인의 입과 눈을 드러나게 하는 미소를 지으면서 하늘로 더 높이 올라가서 별들에게 노래를 불러 주었다. 매정한 인간 루이스의 영혼은 벤치에 쪼그리고 앉아, 고독하게, 편지를 쓰고 있었다.

밤의 왕인 클링조어는 머리에 높다란 관을 쓴 채 돌 의자에 뒤로 기대어 앉아 세계의 춤을 지휘했고, 박자를 맞추었으며, 달을 불러냈고, 기차를 사라지게 했다. 별자리가 하늘 가장자리 너머로 떨어지듯 기차는 사라져 버렸다. 산악 지대의 여왕은 어디에 있는가? 숲에서는 날갯짓 소리가, 의심이 많은 작은 사자의 울음소리도 멀리서 들리지 않았는가? 그녀는 여전히 푸른 두건을 하지 않았는가? 어이, 낡은 세계여, 너는 동시에 행할 수 없음을 근심하라! 숲이여, 여기로! 검은 산들이여, 저기로! 박자를 맞추어라! 별들이여, 너희들은 「너의 붉은 눈과 너의 푸른 입」이라는 민요처럼 푸르고도 붉구나!

그림은 멋졌다. 그림은 얌전한 아이들에게는 아름답고도 사랑스러운 놀이였다. 별들을 지휘하고, 제 속에 흐르는 피의 박자와 망막의 색상환을 세상에 옮기고, 제 영혼의 움직임이 밤바람을 타고 날도록 하는 일은 다른 일이었다. 이것은 더 위대하고 더 큰 힘을 기울여야 하는 일이었다. 검은 산이여, 사라져

49

라! 구름이여, 페르시아로 날아가라, 우간다에 비를 뿌려라! 이리로 오라, 셰익스피어의 영(靈)이여, 이리로 와서 무시로 내리는 비에 관한, 만취한 바보 노래를 불러 다오!

클링조어는 어느 여인의 작은 손에 입맞춤을 하고는 아늑하게 숨 쉬고 있는 그녀의 가슴에 몸을 기댔다. 식탁 아래에서 어떤 발이 그의 발을 희롱했다. 그는 누구의 손인지 누구의 발인지도 모르고서 자신을 감싸는 애정을 느꼈고, 고맙게도 옛날의 마술을 다시금 느꼈다. 끝은 아직 멀리 있었으며, 그는 아직 젊고 여전히 빛과 매력을 발산하고 있었다. 겁 많고 착한 여인네들은 그를 여전히 좋아했고, 여전히 그를 신뢰했다.

그는 더 높이 피어났다. 그는 나지막이 노래하는 듯한 목소리로 엄청난 서사시, 어떤 사랑 이야기와 남쪽 바다로 여행한 이야기 등을 하기 시작했다. 그가 고갱, 로빈슨과 동행하여 앵무새 섬을 발견하고 그 기쁨이 넘치는 섬에 자유국가를 세웠던 이야기 말이다. 수천 마리의 앵무새가 석양빛을 받아 어떻게 반짝였는지, 그의 푸른 꼬리들이 어떻게 초록의 만(灣)에 비춰졌는지! 클링조어가 자유국가를 선포했을 때, 앵무새의 외침과 커다란 원숭이들이 내는 수백 가지 목소리의 외침은 마치 천둥소리처럼 그의 선포를 환영했다. 그는 하얀 카카두 앵무새에게 내각 조직을 위임했고, 무뚝뚝한 코뿔새와 함께 무거운 야자열매 그릇으로 야자주를 마셨다. 오, 그때의 달, 기쁨에 넘친 밤들의 달, 갈대숲에 있는 수상 가옥 위의 달! 그녀는 수줍음 많은 갈색의 공주, 퀼 칼뤼아라고 불렸지, 늘씬하고 긴 다리로 바나나 숲을 거닐었으며, 커다란 나뭇잎으로 만든, 물기 많은 지붕 아래 꿀처럼 반짝이며 부드러운 얼굴에 사슴의 눈을 하고, 강하고 유연한 등에 고양이의 열정을 담고, 탄력 있는 발목 관절과 강인한 발에서 고양이의 도약이 느껴졌지. 어린아이, 성스러운 남동쪽 어린아이의 근원, 열정과 순진무구함인 쿽 칼뤼아여, 너는 천 일 밤 동안 클링조어의 품에 안겨 있었지. 매일 밤 새로웠고, 매일 밤 더 진실했으며, 매일 밤이 지난 모든 날보다도 더 사랑스러웠다. 오, 처녀들이 신 앞에서 춤을 추었던 앵무새 섬의 지령(地靈) 축제여!

섬과 로빈슨과 클링조어 위에, 이야기와 청중들 위에, 하얗게 별이 떠 있는 밤이 아치를 이루고 있었다. 산은 나무와 집과 사람들의 발치 아래에서 부드럽게 숨 쉬는 배와 가슴처럼 다정하게 부풀어 올랐고, 습기를 머금은 달은 하늘의 반구 위로 빠르게 춤을 추며 지나갔다. 말없이 거칠게 춤을 추는 별들이 그 뒤를 따랐다. 낙원으로 가는 케이블카의 로프처럼 이어진 별들이 나란히 늘어서 있었다. 원시림은 어머니처럼 아늑하게 어두워졌고, 태초 세계의 수렁은 몰락과 창조의 향을 피워 올렸으며, 뱀과 악어가 기어 다녔고, 창조의 물결이 제방도 없이 흘러나왔다.

클링조어는 말했다.

"나는 다시 그림을 그릴 거야. 당장 내일부터라도. 그러나 집과 사람, 나무는 더 이상 그리지 않을 거야. 악어와 불가사리, 용과 심홍색의 뱀, 그리고 태어나고 있는 모든 것, 변화하고 있는 모든 것, 인간이 되려는 충만한 동경, 별이 되려는 충만한 동경, 충만한 탄생, 충만한 소멸, 충만한 신과 죽음을 그릴 것이야."

그가 나직하게 말하는 도중에, 취기가 올라오는 때에, 에어질리아의 목소리가 깊고 맑게 울렸다. 그녀는 「벨 마초 디 피오리」*라는 노래를 고요하게 부르고 있었다. 평온이 그녀의 노래에서 흘러나왔는데, 클링조어에게는 그 노래가 마치 멀리 섬으로부터 헤엄쳐 시간과 고독의 바다를 건너오는 것처럼 들렸다. 그는 빈 포도주잔을 거꾸로 쳐들고는 더 이상 잔을 채우지 않았다. 그는 귀를 기울여 들었다. 어떤 아이가 노래를 불렀다. 어떤 어머니가 노래를 불렀다. 우리는 정말 세계의 수렁에 몸을 담근, 길 잃은 녀석이자 파렴치한, 부랑자 또는 탕아인가, 아니면 작고 어리석은 어린아이인가?

"에어질리아, 당신은 우리에게 멋진 별과 같소."라고 그는 정중하게 말했다.

일행은 나뭇가지와 뿌리에 의지하면서, 집으로 가는 길을 찾아 가파르고 칠흑같이 어두운 숲 저쪽으로 나아갔다. 숲의 밝은 가장자리에 도착하자, 들판이 펼쳐졌고 옥수수 밭의 좁은 길은 밤과 귀향을 들이마셨으며 반짝이는 옥수수 잎에는 달의 시선이 머물렀다. 열 지은 포도나무들이 비스듬히 도망가고 있었다. 이제 클링조어가 독일어와 말레이어로, 가사가 있는 노래와 없는 노래를 여러 곡 나직하게 흥얼거렸다. 갈색빛의 담이 낮 동안 모아 두었던 빛을 저녁나절에 발산하듯이, 그는 쌓여 있던 충만함을 나직이 부르는 노래로 발산시켰다.

여기에서 일행 중의 한 명이, 저기에서 또 한 명이 작별을 고하고는, 포도나무 그늘 속으로 난 작은 오솔길을 따라 저쪽으로 사라져 갔다. 각자 자기 길을 갔고, 각자 자신을 위해 존

---

* 아름다운 꽃다발.(이탈리아어)

재했으며, 각자 자기의 집을 찾았고, 각자 하늘 아래 혼자였다. 어떤 여인이 클링조어에게 작별의 입맞춤을 했다. 그녀의 입술이 뜨겁게 그의 입을 빨아들였다. 그들은 구르듯이, 녹듯이, 모두 그렇게 사라져 갔다. 클링조어는 홀로 자기 집 계단을 오르면서도 여전히 노래를 흥얼거리고 있었다. 그는 노래를 불러 신과 자신을 찬미했다. 이태백을 예찬하고, 맛있는 팜팜비오 포도주를 칭찬했다. 그는 자신이 신이라도 된 양, 긍정이라는 구름 위에서 휴식을 취했다.

"마음으로 나는 금 구슬과도, 성당의 둥근 지붕과도 같다네, 그 안에서 사람들은 무릎을 꿇고 기도한다네. 벽은 황금빛으로 빛나고, 오래된 그림에서는 구세주가 피를 흘리신다네, 마리아의 가슴에서도 피가 흘러내린다네. 우리도 마찬가지로 피를 흘린다네, 우리 타인들, 우리 길을 잘못 든 사람들, 우리 별들, 우리 유성들도. 일곱 개와 열 네 개의 칼이 우리의 축복받은 가슴을 꿰뚫고 지나간다네. 나는 당신을 사랑하오, 금발의 까무잡잡한 여인이여, 나는 모두를 사랑하오, 속물까지도. 너희 속물들은 나처럼 가련한 녀석들, 너희들은 술 취한 클링조어만큼이나 불쌍한 어린애들이자 방황하는 반신(半神)들이라네. 사랑스러운 삶이여, 나를 즐겁게 맞이하라! 죽음이여, 나를 기쁘게 맞이하라!"라고 그는 노래했다.

4
에디트에게 보내는 편지

여름 하늘의 사랑스러운 별이여!

당신은 나에게 정말 멋지고 진실한 글을 보내 주었소. 당신의 사랑은 나에게 무척이나 고통스럽게 다가왔다오, 영원한 고통처럼, 영원한 비난처럼 말이오. 그러나 당신이 나에게 가슴속의 느낌을 낱낱이 고백한 것은 참 잘한 일이오. 어떤 감정도 사소하다거나 가치가 없다고 하지는 마시오! 좋아요, 느낌이란 모두 좋은 것이라오, 증오도, 시기도, 질투도, 심지어는 끔찍함조차도. 우리는 가련하고, 아름답고, 멋진 감정 외의 다른 어떤 것으로도 살 수 없다오. 우리가 어떤 감정이든 그르다고 하는 것은 하나의 별을 지워 버리는 것이나 마찬가지라오.

과연 내가 지나를 사랑하는지 아닌지 잘 모르겠소. 그 점에 대해선 나도 갈피를 못 잡겠소. 나는 그녀를 위해 어떤 희생이라도 감수하고 싶지는 않소. 도대체 내가 사랑이란 것을 할 수 있는 인간인지 잘 모르겠소. 나는 갈망할 수 있고, 나 자신을 타인에게서 찾을 수도 있고, 메아리에 귀 기울일 수도 있으며, 반영을 원할 수도 있고, 욕망을 추구할 수도 있으며, 그리고 그 모든 것은 사랑으로 보일 수도 있소.

우리 둘, 당신과 나는 같은 미로의 정원을, 이 사악한 세계에서 소홀히 다루어지는 감정의 정원 속을 걷고 있소. 우리는 각자 자기 방식으로 이 사악한 세계에 복수를 해야 하오. 하지만 우리는 서로 상대방의 꿈들 가운데 하나를 존속시켜 주기를 원하고 있소. 꿈이란 포도주가 얼마나 붉고 달콤한 맛이 나는지를 우리는 알고 있기 때문이오.

감정에 대한 명징성, 행위에 대한 '영향력'과 결과 등은 훌륭하고 안정된 사람들, 인생을 신봉하며 어떤 모험도 하지 않는 사람들만이 가지고 있으며, 이들은 내일이나 모레가 되더라도 그 모험에 동의하지 않을 것이오. 나는 불행하게도 그런 인간 부류에 포함되지 않소. 그래서 나는 내일을 믿지 않으며 하루하루를 마지막 날이라고 생각하는 사람들처럼 그렇게 느끼며 행동하고 있소.

사랑스럽고 가녀린 여인이여, 내 생각을 표현하려고 애썼지만 제대로 되지 않는구려. 표현된 생각이란 언제나 죽은 것이라오! 생각을 살려 봅시다! 당신이 나를 이해하고 있다는 점과 당신 내면의 그 무엇이 나와 닮아 있다는 점을 깊이 느끼고 있으며, 그 점에 대해 감사하는 바이오. 그것이 삶이란 책에 어떻게 기록될 수 있는지, 그것이 사랑, 쾌락, 감사, 공감 등을 의미하는 우리의 감정인지, 어머니 같은 것인지 또는 어린아이 같은 것인지 나는 모르겠소. 나는 모든 여인들을 때로는 늙고 교활한 탕아처럼 바라보기도 하고, 때로는 어린 소년처럼 바라보기도 한다오. 매우 정숙한 여인이 때로는 나에게 커다란 유혹이오. 또한 풍만한 여인도 마찬가지라오. 내가 사랑해도 되는 모든 것은 아름답고, 신성하고, 한없이 좋다오. 왜 그런지, 얼마나 오랫동안인지, 어느 정도인지는 헤아릴 길이 없구려.

당신도 알다시피 내가 당신만을 사랑하는 것은 아니오. 그렇다고 내가 지나만을 사랑하는 것도 아니오. 나는 내일이면, 모레면, 다른 형상들을 사랑하게 될 것이고, 다른 형상들을 그리게 될 것이오. 하지만 내가 느꼈던 어떠한 사랑에 대해서도, 그리고 내가 그녀들을 위하여 행했던 지혜와 어리석음에 대해서도 후회하지는 않을 것이오. 당신이 나와 닮은 점이 많아서 당신을 사랑하는지도 모르겠소. 또한 내가 다른 여인들을 사랑하는 것은 아마도 그녀들이 나와는 완전히 다르기 때문에 그런 것일 수도 있소.

밤이 깊었구려. 달이 살루테 산 위에 떠 있소. 삶이란 얼마나 웃기는 것이며, 죽음은 또한 얼마나 웃기는 것이랴!

이 쓸데없는 편지를 불 속에 던져 버리시오, 그리고 불 속에 던지시오,

당신의 클링조어도.

5
몰락의 음악

7월의 마지막 날이 왔다. 클링조어가 가장 좋아하는 달, 이태백을 기리는 큰 축제가 있는 달이 기울어져 갔으며, 다시는 되돌아오지 않았다. 해바라기가 정원에서 푸른 하늘을 향해 황금빛으로 솟구치며 소리 질렀다. 이날 클링조어는 성실한 두 보와 함께 자신이 좋아하는 곳을 순례했다. 불에 타 버린 교외 지역, 높이 솟아 있는 가로수 아래 먼지가 풀썩이는 길, 모래투성이의 물가를 따라 늘어선 붉은색과 오렌지색의 오두막, 화물차들과 선박 하역장, 자주색의 기다란 담벼락, 다채롭고 가련한 사람들. 이날 저녁 무렵 그는 교외의 한 모퉁이에서 먼지를 뒤집어쓰고 앉아 회전목마의 화려한 천막과 회전목마를 그렸다. 잔디가 불에 타서 헐벗은 풀밭 사이로 난 비탈진 길가에 쪼그리고 앉아 천막의 강렬한 색채에 빨려 들고 있었다. 그는 천막 테두리의 내성적인 연보라, 묵직한 캠핑카의 기쁨에 넘친 초록과 빨강, 골조 기둥들에 칠해진 파랑과 하양에 깊이 빠져들었다. 그는 카드뮴 옐로를 격렬하게 헤집었고, 달콤 서늘한 코발트 블루를 거칠게 파 뒤집었으며, 노랑과 초록의 하늘에 크랩랙으로 선들을 번지게 그려 넣었다. 한 시간 남짓, 아, 아니, 그보다는 좀 빨리, 그러고는 마지막이 찾아왔다. 밤이 왔다. 내일이면 벌써 8월, 그토록 커다란 죽음의 공포와 두려움이 그의 타오르는 듯한 술잔에서 뒤섞이는, 작열하는 열기의 달이 시작된다. 죽음의 신이 들고 있는 큰 낫이 벼려지고, 낮은 기울었다. 죽음이 갈색 나뭇잎에 숨어서 웃고 있다. 맑게 울려 퍼져라, 카드뮴 옐로여! 큰소리 쳐 보아라, 크랩랙이여! 새된 목소리로 웃어라, 레몬빛 노랑이여! 저 멀리에 있는 짙푸른 산이여, 이리로! 나와 함께하자꾸나. 먼지를 뒤집어쓴, 광택 없는 초록 나무들이여, 내 품으로 오라! 너희들은 너무나 지쳐서, 충실하고 얌전한 가지들이 그토록 축 처져 있구나! 사랑스러운 현상들이여, 내가 너희들을 마셔 버리리라! 나는 영속과 불멸인 척하지만, 실은 가장 덧없는 녀석, 가장 회의적인 녀석, 너희들 모두보다도 죽음에 대한 두려움에 더 많이 시달리는, 가장 불쌍한 놈이로다. 7월은 다 타 버렸고, 8월도 빠르게 타 버릴 것이다. 어느 순간 이슬 내린 아침, 노란 나뭇잎에서 꺽다리 유령이 우리를 오싹하게 만들 것이다. 갑자기 11월이 숲을 쓸어 댈 것이다. 갑자기 꺽다리 유령이 웃어 재끼고, 갑자기 우리 심장이 얼어붙으며, 갑자기 우리의 사랑스러운 장밋빛 살이 뼈에서 떨어지고, 황야에서는 자칼이 울부짖으며, 썩은 고기를 찾는 독수리는 쉰 목소리로 저주받은 노래를 부른다. 대도시의 빌어먹을 신문이 내 사진을 싣고 그 아래에다 "탁월한 화가, 표현주의자, 위대한 색채파 화가가 이달 16일에 죽다."라고 쓸 것이다.

그는 증오로 가득 차서 집시들이 몰고 온 초록색 마차 아랫부분의 주름을 파리 블루로 할퀴듯 그려 넣었다. 그는 격분한 나머지 크롬 옐로를 방충석(防衝石) 모서리에 내동댕이쳤다. 그는 깊은 절망에 사로잡혀, 칠하지 않고 비워 둔 곳에다 치노버*를 찍어서 튀어나온 하양을 죽여 버렸으며, 영속을 얻기 위해 피투성이가 되도록 싸웠고, 잔인한 신을 표현하기 위해 옅은 노랑과 나폴리 옐로로 고함을 쳤다. 그는 신음을 내면서 더 많은 파랑을 무미건조한 먼지투성이의 초록에 내동댕이치고, 간절히 기도하면서 마음속의 불을 저녁 하늘에 붙였다. 작은 팔레트는 불의 힘을 가진, 순수한, 섞이지 않은, 가장 밝은 색으로 가득 차 있었으며, 그 색들은 그의 위안, 그의 탑, 그의 무기고, 그의 기도서, 사악한 죽음을 겨냥하여 쏘는 그의 대포였다. 자주는 죽음의 거부였으며, 치노버는 부패를 조롱했다. 무기고는 훌륭했고, 작고 용감한 그의 군대는 광휘를 발했다. 재빠르게 발사하는 대포는 빛을 내며 위로 울려 퍼졌다. 그것은 아무런 소용이 없었으며, 모든 발사는 헛되었다. 하지만 발사는 상당히 훌륭했으며, 그것은 행복이자 위안이었고, 여전히 생명이었고, 여전히 승리의 함성이었다.

두보는 저쪽 공장과 상가 사이 마술의 성에 살고 있는 친구를 방문했다가 아르메니아계 점성술사인 그 친구를 데리고 막 나타났다.

클링조어는 두 사람이 곁에 있는 것을 보고는 그림 그리기

---

* 진홍색을 띠는 황화수은 안료. 진사(辰砂), 버밀리언, 시너바라고도 함.

를 끝내고 숨을 깊이 토해 냈다. 한 명은 멋진 금발 머리칼을 가진 두보였고, 다른 한 명은 검은 턱수염을 하고 입술 사이로 하얀 이를 내비치며 미소 짓는 마술사였다. 그리고 거기에는 그림자*, 눈이 눈구멍 속으로 깊이 쑥 들어간, 길고 검은 그림자가 그들과 함께 왔다. 여보게, 그림자여, 자네도 환영하네!

"오늘이 무슨 날인지 자네는 아는가?"라고 클링조어가 친구에게 물었다.

"알아, 7월의 마지막 날 아닌가."

"제가 오늘 별점을 보았는데, 오늘 저녁 저에게 무슨 일이 일어날 겁니다. 토성은 기분 나쁘게, 화성은 중립적으로, 목성은 위세를 떨치며 나타났습니다. 이태백 선생, 당신 생월이 7월 아닙니까?" 하고 아르메니아인이 물었다.

"7월 둘째 날에 태어났습니다."

"그러리라고 생각했어요. 당신 별이 혼란한 상태에 위치하고 있네요. 그것을 해석할 수 있는 사람은 당신 자신뿐입니다. 금방이라도 비를 뿌릴 구름처럼 생산력이 당신 주위를 감싸고 있네요. 클링조어 씨, 당신의 별은 기이한 위치에 있어요. 당신도 틀림없이 그걸 느끼고 있을 겁니다."

태백은 그림 도구들을 챙겼다. 그가 그린 세계는 소멸해 버렸다. 노랑과 초록의 하늘도 소멸해 버렸고, 푸르고 밝은 깃발은 익사해 버렸고, 아름다운 노랑은 살해되어 시들어 버렸다. 그는 허기가 지고 갈증도 났다. 그의 목구멍에는 먼지가 가득

---

* 계속 등장하는 그림자의 이미지는 클링조어 자신인 동시에 그의 죽음을 암시.

달라붙어 있었다.

"여보게들, 우리 오늘 저녁 같이 있는 게 어떨까. 우리는 이제 다시는 같이 있을 수가 없네, 우리 넷 모두는. 나는 별을 보고 그 사실을 눈치 챈 것이 아니네, 내 가슴에 그렇게 쓰여 있다네. 나의 7월은 지나가 버렸고, 마지막 몇 시간이 어둡게 작열하고 있네. 심연에서는 위대한 어머니가 부르고 있다네. 세상이 이렇게 아름다운 적은 없었네. 내 그림이 이렇게 멋진 적이 없었네. 번개가 번쩍이고, 몰락의 음악이 연주되기 시작했다네. 그 음악을 따라 부르세나, 달콤하고도 불안한 그 음악을. 우리 여기서 함께 있으면서 포도주를 마시고 빵을 먹는 게 어떻겠나."

이제 막 회전목마의 천막이 걷혔고, 저녁 시간을 위한 준비가 되고 있는 회전목마 옆에는 나무 아래 식탁이 몇 개 마련되었고, 다리를 저는 소녀가 이리저리 왔다 갔다 했다. 어스름한 가운데 작은 음식점이 생겼다. 그들은 여기에서 널빤지로 된 식탁에 자리 잡고 앉았다. 빵이 차려졌고, 포도주는 옹기 사발에 따라졌다. 나무 아래에 희미한 등이 켜졌고, 그 위로 회전목마의 오르간이 요란하게 울리기 시작했는데, 오르간은 잘게 끊어지는, 째지는 듯한 음악을 저녁 어스름 속으로 던졌다.

"내 오늘 300잔을 비우겠네."*라고 이태백은 큰 소리로 말하면서 그림자와 잔을 부딪쳤다. "환영하네, 그림자여, 영원히 변치 않는 주석 병정이여! 환영하네, 친구들! 환영하네, 전등이

---

* 이태백의 「장진주」에 나오는 구절인 '회수일음삼백배(會須一飮三百杯 : 술을 마시려면 삼백 잔은 마셔야지)'를 인용한 것.

여, 아크등이여, 회전목마의 빛나는 금박들이여! 아, 자유로운 새 루이스가 이 자리에 있다면 얼마나 좋을까! 아마도 그는 우리에게서 저 하늘로 벌써 날아가 버렸을 게야. 혹시 그가 내일 다시 나타날지도 모르지. 그 늙은 자칼이 말이야. 그렇지만 우리를 더 이상 발견하지 못하고는 한바탕 웃은 다음 아크등과 깃대를 우리 무덤에 심을 거야."

마술사는 말없이 일어나 새 포도주를 가지고 왔다. 그는 붉은 입술 사이로 하얀 이를 드러내 보이며 즐겁게 미소 지었다.

그는 클링조어 쪽을 넘겨다보면서 말했다.

"우울증이란 앓아서는 안 되는 것이지요. 간단합니다. 시간이 해결해 줄 문제이지요, 이를 악무는, 짧고 집중적인 시간 말입니다. 그러면 우울증은 영원히 사라지게 됩니다."

한창때인 그 언젠가 우울증을 목 졸라 죽이고 씹어 죽였을 그의 입을, 맑고 깨끗한 그의 이를 클링조어는 주의 깊게 쳐다보았다. 점성술사에게 가능했던 일이 그에게도 가능할까? 아, 근심 없는 삶, 우울증 없는 삶이 있는 저 아득한 곳의 정원을 향한 달콤한 일별. 그는 그 정원에 자신이 도달할 수 없으리라는 것을 알고 있었다. 그는 다르게 예정되어 있음을, 토성이 그를 다른 위치에서 건너다보고 있음을, 신이 그의 악기로 다른 노래들을 연주하려 했음을 알고 있었다.

클링조어는 천천히 입을 뗐다.

"누구나 자신의 별을 가지고 있고, 누구나 자신의 신앙을 가지고 있습니다. 내가 믿는 것이라고는 단 한 가지, 몰락뿐입니다. 우리는 마차를 타고 심연을 건너고 있는데, 말들이 겁을 먹은 것입니다. 우리는 몰락하고 있습니다, 우리 모두, 우리는 죽을 수밖에 없습니다. 우리는 다시 태어나야 합니다. 커다란 전환점이 우리에게 닥쳐왔습니다. 위대한 왕, 예술에서의 위대한 변화, 서구 국가들의 위대한 파멸 등 무엇이든 마찬가지입니다. 낡은 유럽에 있는 우리에게 있어서 좋고 고유한 것은 모두 죽었습니다. 우리의 아름다운 이성은 망상으로 변해 버렸고, 우리의 돈은 종잇조각일 뿐이며, 우리의 기계는 쏘고 폭발시키기만 할 수 있을 뿐이며, 우리의 예술은 자살입니다. 우리는 몰락해 갑니다, 친구들이여. 우리는 그렇게 예정되어 있습니다, 정성조(鄭聲調)*가 연주되고 있습니다."

아르메니아인이 포도주를 따랐다.

"그러시다면." 하고 그는 말했다. "그래요, 그렇게 말할 수도 있고 아니라고도 말할 수도 있습니다. 그건 어린애 장난일 뿐이지요. 몰락이란 존재하지 않는 어떤 것입니다. 그리고 몰락이든 번영이든 아래와 위가 존재해야만 합니다. 그러나 아래와 위는 존재하지 않습니다, 그건 착각의 고향인 인간의 머릿속에서만 존재할 뿐이지요. 모든 대립 쌍들은 착각에 불과합니다. 흑백도 착각이고, 생사도 선악도 착각입니다. 그건 시간 문제입니다, 이를 악문, 작열하는 시간 말이지요. 그 시간이 지나면 우리는 착각의 제국을 넘어설 수 있는 것이지요."

클링조어는 호감 가는 그의 목소리에 귀를 기울여 들은 후 대답했다.

---

* Tonart Tsing Tse. 정(鄭)나라의 소리 또는 음악을 뜻하는 '정성조'로 추정. 『논어』 15편 「위령공(衛靈公)」에 '정성음(鄭聲淫)'이란 말이 등장. 공자는 춘추 시대 이전의 화평했던 시절을 회고하며 정나라에서 새로이 등장한 이 음악을 비판적으로 평가했으나, 헤세는 여기서 '몰락의 음악'이라는 의미로 사용.

"나는 우리들에 관해, 유럽에 관해, 이천 년 동안 세계의 두 뇌라고 믿었던 우리 낡아 빠진 유럽에 관해 말하고 있습니다. 유럽이 몰락해 가고 있습니다. 마술사, 내가 당신을 모른다고 생각하시오? 당신은 동방에서 온 전령, 또한 나에게 전갈을 가져온 전령이며, 스파이일지도 모르고, 변장한 장군일 수도 있지요. 여기에서 몰락의 냄새를 맡았기에 당신은 이 자리에 온 것이오. 하지만 우리는 기꺼이 몰락할 겁니다. 이보시오, 우리는 기꺼이 죽을 겁니다. 우리는 저항하지 않습니다."

"당신은 또한 '우리는 기꺼이 태어날 겁니다.'라고 말할 수도 있겠지요."라고 그 아시아인은 웃으면서 말했다. "당신에게 몰락으로 보이는 것이 저에겐 탄생으로 보입니다. 둘 다 착각입니다. 지구를 하늘 아래에 있는 확고부동한 원판이라고 믿는 사람은 시작과 종말도 보고 믿습니다. 그리고 모두, 거의 모든 사람들은 확고한 원판을 믿습니다! 별 자체는 흥망성쇠를 모르는 법이지요."

"별들은 몰락하지 않았단 말인가?" 하고 두보가 소리쳤다.

"우리에게는, 우리 눈에는 그렇게 보이지."

아르메니아인은 술을 잔 가득 따른 다음 언제나 그렇듯이 열심히, 웃으면서 권했다. 그러고는 또 빈 술통을 들고 포도주를 가지러 갔다. 회전목마의 음악 소리가 크게 울려 퍼지며 절규했다.

"저 위로 가 보세나, 너무나 멋지구면." 하고 두보가 제안하자, 그들은 그쪽으로 가서 그림을 그려 놓은 울타리 곁에 서서, 금박과 거울이 찌르는 듯이 광채를 발하는 가운데 회전목마가 미친 듯이 돌아가는 모습과, 수백 명의 아이들이 욕구에 가득 찬 눈초리로 회전목마의 광채를 뚫어져라 응시하고 있는 모습을 보았다. 클링조어는 빙글빙글 돌아가는 이 기계, 기계적인 음악, 현란하고 조야한 그림과 색채들, 현란하게 치장해 놓은 기둥들과 거울이 풍기는 원시성과 아프리카 토인 같은 분위기를 잠시 동안 깊게 느끼고 미소를 지었다. 모든 것이 원시 부족의 주술사나 무당, 마법과 태곳적 쥐 잡이 등의 특징을 띠고 있었으며, 거칠고 방종한 광채 전부는 근본적으로 반짝하고 스쳐 지나가는 양은 숟가락의 광채와 다를 바가 없었다. 헤히트*가 작은 물고기로 잘못 알고 덥석 물었다가 오히려 낚이게 되는 숟가락 말이다.

아이들 전부가 분명 회전목마를 타고 싶어 했다. 두보가 모든 아이들에게 돈을 줬고, 그림자가 모든 아이들을 초대했다. 아이들이 우르르 몰려들어 선물을 주는 그들을 에워싸서, 매달리고, 서로 달라고 하고, 고마워했다. 열두 살쯤 돼 보이는 금발 소녀, 그 소녀에게 그들 모두가 돈을 줘서 그녀는 회전목마가 돌아갈 때마다 매번 탔다. 불빛이 번쩍이는 가운데 짧은 치마가 소녀의 다리 근처에서 사랑스럽게 나부꼈다. 어떤 사내아이가 울었다. 소년들이 치고받으며 싸웠다. 심벌즈는 오르간에 맞춰 매로 후려치듯 챙챙 폭음을 내며, 박자에 불덩이를 쏟아붓고 포도주에 아편을 집어넣었다.** 네 사람은 오랫동안 이 북새통 속에 서 있었다.

그런 다음 그들은 다시 나무 아래로 가서 앉았다. 아르메니

---

* 날카로운 이빨과 큰 몸집을 가진 탐식성 민물고기.
** 혼돈한 상태를 묘사한 것.

아인이 잔에다 포도주를 따랐고, 몰락의 불씨를 부채질하면서 밝게 미소 지었다.

"우리 오늘 300잔은 비워 보세."라고 클링조어가 흥얼거렸다. 그을린 그의 얼굴은 누렇게 타올랐고, 그의 웃음소리는 커다랗게 퍼져 나갔다. 우수라는 거인이 그의 움찔하는 심장 위에 무릎을 꿇고 앉아 있었다. 그는 건배했고 몰락, 죽음의 의지, 정성조를 예찬했다. 회전목마의 음악 소리가 굉음을 울리며 널리 퍼졌다. 하지만 가슴속에는 공포가 자리하고 있었다. 가슴은 죽기를 원하지 않았다. 가슴은 죽음을 증오했다.

성난 듯이, 격하게, 귀청을 찢을 듯이, 갑자기 두 번째 음악이 그들이 앉은 자리에서부터 어둠 속으로 덜거덕거리며 울려 퍼졌다. 1층 선반 가득 보기 좋게 포도주 병이 진열되어 있는 벽난로 옆에서 자동피아노가 기관총처럼 거칠게, 질책하듯이, 쇄도하듯이, 굉음을 울리기 시작했다. 잘못 맞춰진 음정에서 고뇌가 커다랗게 터져 나왔고, 멜로디는 신음하는 불협화음을 무거운 증기 롤러로 내리눌렀다. 거기에는 사람들이 있었고, 빛, 소음, 젊은이들이 춤을 추고 있었고, 소녀들 그리고 다리를 저는 하녀, 그리고 두보도 있었다. 그는 금발의 어린 소녀와 춤을 추고 있었고, 클링조어는 그것을 바라다보고 있었는데, 가늘고 예쁜 다리를 감싼 소녀의 짧은 여름옷이 경쾌하면서도 사랑스럽게 나부꼈으며, 두보의 얼굴에는 사랑으로 가득한 미소가 다정스럽게 번지고 있었다. 벽난로 구석에는 정원 쪽에서 온 사람들이 피아노 바로 가까이 소음의 한 가운데에 앉아 있었다. 클링조어는 음을 보고, 색깔을 들었다. 마술사가 벽난로에서 술병을 가져와서는 마개를 따고 잔에 따랐다. 영리

해 보이는 그의 구릿빛 얼굴에 미소가 맑게 서려 있었다. 음악 소리는 나지막한 홀에 무시무시한 천둥처럼 울려 퍼지고 있었다. 도둑이 신전에 들어가 제사용 술잔을 하나씩 하나씩 훔쳐 내듯이, 아르메니아인은 벽난로 위 오래된 술병들이 줄지어 있는 곳에 천천히 빈틈을 만들어 갔다.

점성술사가 잔에 술을 채우면서 클링조어에게 속삭였다.

"당신은 위대한 예술가요. 당신은 이 시대의 가장 위대한 예술가 가운데 한 사람이오. 당신은 자칭 이태백이라고 할 만한 자격이 있소. 하지만 당신, 이태* 선생, 당신은 쫓기고 있는 가련한 인간, 괴로움에 시달리고 두려움에 가득 찬 인간이오. 당신은 몰락의 음악을 연주하기 시작했고, 당신은 그 노래를 흥얼거리며, 불타고 있는 당신의 집에 앉아 있소, 당신 스스로 불을 놓은 그 집에 말이오. 이태백 선생, 매일 300잔의 술을 비우면서 달과 건배를 한다손 치더라도, 당신은 편하지 않을 겁니다. 그렇게 하더라도 당신은 편안함을 느끼는 것이 아니라 고통을 느낄 겁니다. 몰락의 가인(歌人)이여, 멈추지 않으시겠소? 살기를 원치 않소? 지속하기를 원하지 않으시오?"

클링조어는 포도주를 한 모금 마시고는 약간 쉰 목소리로 나직하게 대답했다.

"도대체 우리가 운명을 바꿀 수 있소? 의지의 자유란 것이 존재하기나 하나요? 만일 그렇다면 점성술사 당신이 내 별을 다른 쪽으로 돌려놓을 수 있겠소?"

---

* 서양인들이 동양인의 성과 이름을 혼동하여, 앞의 두 자를 이름이라고 생각하고 부른 말.

"돌려놓지는 못하지요, 나는 다만 별을 해석할 뿐이오. 돌려놓는 일은 당신 자신만이 할 수 있는 일이오. 의지의 자유는 있습니다. 그걸 마술이라고 하지요."

"내가 예술에 열중할 수 있다면 무엇하러 마술을 부리겠소? 예술은 그만큼 좋은 것 아니겠소?"

"모든 것은 좋은 것이고, 좋은 것이란 아무 것도 없소. 마술은 착각을 피하게 해 주지요. 우리가 '시간'이라고 부르는 가장 나쁜 착각을 말입니다."

"예술은 그 일을 할 수 없소?"

"예술도 그 일을 시도하지요. 당신의 화첩에 들어 있는, 당신이 그림으로 표현한 7월로 충분하다고 생각하시오? 당신은 시간을 지양(止揚)했소? 당신은 가을에 대해서 그리고 겨울에 대해서 두려움을 느끼지 않소?"

클링조어는 한숨을 내쉬고는 침묵했다. 그는 말없이 술잔을 들이켰고, 점성술사는 말없이 그의 잔을 채워 주었다. 고삐 풀린 피아노는 미친 듯이 날뛰었으며, 춤추는 사람들 사이에서 천사 같은 두보의 얼굴이 둥둥 떠다녔다. 7월이 끝났다.

클링조어는 탁자 위의 빈 술병을 둥글게 정렬했다.

"이것이 우리의 대포야." 하고 그가 소리쳤다. "우리는 이 대포로 시간을, 죽음도, 비참도 쏘아 망가뜨릴 수 있지. 나는 색채로도 죽음을 겨냥하여 쏘았네, 불타는 초록으로, 현란한 치노버로, 달콤한 제라늄 래커로도 말이야. 종종 나는 죽음의 두개골도 맞혔네. 나는 하양과 파랑으로 그의 눈을 사냥했네. 종종 나는 그를 물리치기도 했지. 여전히 나는 그를 쏘아 맞히고, 그를 패배시키고, 그를 속여 넘기기도 할 것이네. 저 아르메니아인을 보게. 그는 다시 오래된 술병을 따고 있네, 술병에 봉입된 지난여름의 햇볕이 우리의 혈관으로 흘러들고 있네. 저 아르메니아인도 우리가 죽음을 쏘아 맞히는 것을 돕고 있지, 그도 죽음에 대항하는 다른 무기는 모르고 있는 거야."

마술사가 빵을 가지고 와서 먹었다.

"죽음에 맞서는 무기는 필요 없소, 죽음이란 존재하지 않기 때문이오. 하지만 한 가지는 존재하지요. 바로 죽음에 대한 공포 말이오. 우리는 이 공포를 치유할 수 있소. 이것에 대항하는 무기가 한 가지 있소. 공포를 극복하는 것은 시간의 문제이지요. 하지만 이태백 선생은 원하지 않을 것이오. 이 선생은 죽음을 사랑하오. 그는 죽음에 대한 공포, 우수, 비참 등을 사랑하지요. 공포만이 그가 할 수 있는 모든 것과 우리가 그를 사랑하는 까닭을 그에게 가르쳐 주었지요."

그는 조롱하듯이 잔을 부딪쳤다. 그의 치아가 반짝였다. 그의 얼굴은 더욱 더 명랑한 표정으로 바뀌었고, 고뇌라는 말은 그에게 낯선 듯이 보였다. 아무도 대답하지 않았다. 클링조어는 포도주 대포로 죽음을 쏘았다. 사람들과 포도주와 춤곡으로 인하여 거대하게 부풀어 오른 죽음은 홀의 열린 문 앞에 떡 버티고 서 있었다. 죽음은 문들 앞에 거대하게 버티고 서서 검은 아카시아를 가볍게 흔들고, 정원의 어둠 속에 매복했다. 바깥의 모든 것들은 죽음으로, 죽음으로 가득 차 있었고, 오직 여기, 소리가 울리는 좁은 홀에서만 클링조어와 친구들이 죽음과 맞서고 있으며, 창 가까이에서 애통해 하는 검은 포위 군들에 맞서 아직도 멋지고 용감하게 싸우고 있었다.

마술사는 조롱하듯이 탁자 너머로 클링조어를 바라보았으

며, 조롱하듯이 술잔 가득 술을 채웠다. 클링조어는 이미 잔을 여러 개 깨뜨렸고, 마술사는 새 잔을 그에게 내밀었다. 그도 역시 많이 마셨으나, 클링조어처럼 꼿꼿하게 앉아 있었다.

그는 나직이 비웃으며 말했다. "마십시다, 이 선생. 당신은 죽음을 사랑하오. 당신은 기꺼이 몰락하려 하고, 기꺼이 죽고 싶은 것이지요. 당신은 이런 식으로 말하지 않았소? 아니면 내가 잘못 들은 건가? 아니면 당신은 결국 나와 당신 자신을 기만한 것인가? 마십시다, 이 선생! 자, 우리 몰락합시다!"

클링조어의 가슴속에서 분노가 치밀어 올랐다. 그는 벌떡 일어서서, 똑바로 꼿꼿하게 서서, 뾰족 머리를 한 늙은 새매*는 포도주에다 침을 뱉고, 술이 가득한 자기의 잔을 바닥에 내동댕이쳤다. 붉은 포도주는 홀에 온통 흩뿌려졌고, 친구들은 얼굴이 하얗게 질렸으며, 낯선 사람들은 웃음을 터뜨렸다.

그러나 마술사는 아무 말도 하지 않고, 미소를 지으며 새 술잔을 가져와서, 미소를 지으며 술을 가득 따라서, 미소를 지으며 이태에게 권했다. 잔을 받으며 이는 미소를 지었고, 그도 역시 미소를 지었다. 일그러진 그의 얼굴에 달빛 같은 미소가 스쳐 지나갔다.

"얘들아." 하고 클링조어가 외쳤다. "이 낯선 사람에게 말 좀 시켜 봐! 이 늙은 여우는 아는 것도 많아. 그리고 숨어 있는 깊은 나무에서 왔지. 그는 아는 것이 많긴 하지만, 우리를 이해하진 못해. 그는 아이들을 이해하기엔 나이가 너무 많아. 그는 너무 똑똑해서 바보들을 이해할 수 없어. 우리들, 죽어 가

---

* 클링조어.

는 우리들은 죽음에 관해서 저 사람보다 더 많이 알아. 우리는 인간이지 별이 아니야. 여기 내 손을 봐, 포도주가 가득 들어 있는 작고 푸른 잔을 들고 있는 이 손을! 이 손, 이 구릿빛 손은 많은 일을 할 수 있어. 이 손은 여러 가지 붓으로 그림을 그렸어. 이 손은 한 조각 새로운 세계를 암흑에서 뜯어내서 사람들의 눈앞에 보여 주었지. 이 구릿빛 손은 여러 여인네들의 턱을 쓰다듬었고, 많은 소녀들을 유혹했어. 이 손은 많은 입맞춤을 받았고, 눈물이 이 손에 떨어졌지. 두보는 이 손에 관한 시도 썼어. 벗들이여, 이 사랑스런 손은 머지않아 흙으로 가득 차고 구더기가 들끓게 될 것이오. 자네들 가운데서 어느 누구도 이 손을 더는 잡아 보지 못하게 될 것이오. 그래, 바로 그 때문에 나는 이 손을 사랑하는 것이오. 나는 내 손을 사랑하오, 나는 내 눈을 사랑하오, 나는 내 하얗고 사랑스러운 배를 사랑하오, 나는 이것들을 근심과 조롱과 애정을 가지고 사랑하오. 그도 그럴 것이 이것 모두는 곧 시들고 썩어 없어질 것이기 때문이오. 그림자여, 너 암흑의 벗이여, 안데르센의 묘지에 있는 낡은 주석 병정이여, 자네도 마찬가지일 걸세, 사랑스러운 녀석 같으니! 나와 건배하세, 우리의 사랑스러운 사지와 오장 육부여, 오래오래 살기를!"

그들은 건배를 했고, 그림자는 깊이 쑥 들어간 눈으로 어두운 미소를 지었다. ─ 그리고 갑자기 무엇인가가, 바람 같기도 하고 유령 같기도 한 무엇이 홀을 지나갔다. 음악은 시나브로 침묵했고, 갑자기, 불이 꺼지듯이 그렇게, 춤추던 사람들은 사라져 버렸다. 밤이 삼켜 버렸고, 등도 반쯤 꺼져 버렸다. 클링조어는 검은 문들을 바라보았다. 밖에 죽음이 서 있었다. 그는 죽음이 서 있는 것을 보았다. 그는 죽음의 냄새를 맡았다. 죽음에게는 국도 변의 나뭇잎에 맺힌 빗방울과 같은 냄새가 났다.

이태백은 술잔을 내려놓고, 의자를 밀친 다음, 홀에서부터 어둠이 깔린 정원 쪽으로 천천히 걸어 나갔다, 머리 위에서는 번개가 번쩍였고, 암흑 속에서 그는 혼자였다. 무덤의 묘비처럼, 가슴 속의 심장이 그를 무겁게 내리눌렀다.

6
8월의 저녁

　어둠이 깔리기 시작할 무렵 클링조어는 —— 그는 오후 내내 마누초와 벨리아 근처에서 햇볕과 바람을 맞으며 그림을 그렸는데 —— 숲에서 녹초가 되어 벨리아를 지나 작고 고요한 마을 칸베토에 도착했다. 그는 백발의 식당 여주인을 불러낼 수 있었고, 그녀는 그에게 옹기 잔 가득 포도주를 담아내 주었다. 그는 문간에 있는 호두나무 그루터기에 걸터앉아 배낭을 풀었다. 거기에는 치즈 한 조각과 자두 몇 개가 남아 있었다. 그는 이것으로 저녁 식사를 때웠다. 머리가 하얗고 허리도 굽고 이도 남아 있지 않은 노파가 그의 옆에 앉았다. 주름 잡힌 목과 평온해진 노안(老眼)을 가진 노파는 자신이 살고 있는 작은 마을에서의 생활, 그녀의 가족, 전쟁, 물자 부족, 농작물의 작황, 포도주와 우유 그리고 그 가격, 죽은 손자, 집 나간 아들들에 관해 이야기를 했다. 이 작은 농부의 삶, 불충분한 아름다움을 보여 주는, 거친, 기쁨과 근심으로 가득 찬, 두려움과 생명으로 가득 찬 그녀의 한평생이 별자리와 함께 맑고 다정하게 펼쳐져 있었다. 클링조어는 먹고, 마시고, 휴식을 취하고, 노파의 말을 경청하고, 그녀의 자식들과 가축, 목사와 주교에 관해 물어보기도 하고, 하나 남은 자두를 그녀에게 건네주고는, 악수를 하고, 좋은 밤을 보내라고 인사를 하고, 맛없는 포도주에 대해 맛있었다고 공치사를 하고, 지팡이를 짚고, 배낭을 메고, 나무가 드문드문 서 있는 숲 속으로, 산 위쪽을 향해, 야영지가 있는 쪽을 향해 천천히 걸어갔다.

느지막한 황금 시간대였다. 이글대는 낮볕이 아직 도처에 남아 있었지만, 달은 이미 어슴푸레하게 빛나고 있었으며 막 나타난 박쥐들이 초록으로 진동하는 공중에서 헤엄쳤다. 숲 가장자리는 저물어 가는 빛을 받으며 평온하게 있었고, 밝은 밤나무는 검은 그림자를 드리우고 있었다. 황옥처럼 부드럽게 빛나는 노란 오두막 한 채가 낮에 들이마신 빛을 은은하게 발산하고, 장밋빛 붉은색과 자줏빛의 좁은 길은 초원과 포도덩굴과 숲을 가로질러 나 있었다. 여기저기 벌써 노란 아카시아 가지가 보였고, 푸른 벨벳의 산들 위로 서쪽 하늘이 황금빛과 초록빛으로 걸려 있었다.

아, 아직 작업을 할 수 있다, 결코 다시 오지 않을 완숙한 여름날의 매혹적인 마지막 십오 분! 온 누리 곳곳에 신이 계신 듯, 지금 모든 것이 얼마나 형언할 수 없으리만치 아름다운가, 이 얼마나 고요하며, 이 얼마나 멋지고 아낌없는 은총인가!

클링조어는 서늘한 잔디에 앉아 기계적으로 연필을 잡았으나, 빙긋 웃으며 손을 다시 내려놓았다. 그는 손끝도 꼼짝하기 힘들만큼 피곤했다. 그의 손가락에는 마른 잔디와 건조하면서도 부드러운 흙이 잡혔다. 아직 얼마나 지속이 될까, 그런 다음엔 이 매혹적인 유희도 끝나겠구나! 아직 얼마나, 그런 다음엔 우리의 손과 입과 눈도 흙으로 변하고 말 테니까! 이즈음 두보가 그에게 시를 한 편 보내 줬는데, 그는 그 시를 떠올리며 천천히 읊조렸다.

생명의 나무에서
잎이 하나둘씩 떨어지네,
오, 현란한 세계여,
너는 얼마나 포만감을 느끼게 하며,
너는 얼마나 포만감을 느끼게 하고 지치게 하며,
너는 얼마나 술잔을 들이켜게 만드느냐!
오늘 여전히 불타오르고 있는 것도,
머지않아 사그라지고 말 것이다.
곧 내 갈색 무덤 위로
바람이 휭 소리를 내며 불 것이고,
어린아이 위로
어머니는 몸을 굽힐 것이다.
그녀의 눈동자를 다시 보고 싶구나,
그녀의 눈길은 나의 별,
다른 모든 것은 사라지고 스러져도 좋다,
모든 것은 죽는다, 모든 것은 기꺼이 죽어 간다.
우리를 낳은
영원한 어머니만이 남는다,
하늘거리는 그녀의 손가락은

덧없는 허공에다 우리의 이름을 쓴다.

그래, 좋았어. 클링조어는 열 개의 목숨 가운데서 아직 몇 개를 가지고 있는가? 세 개? 두 개? 적어도 아직 하나 이상은 남아 있다, 착실하고 친숙한 세계민적 삶과 시민적 삶 하나 이상은 아직 가지고 있었다. 그는 많이 행했고, 많이 보았으며, 많은 종이와 캔버스에 그림을 그렸다. 많은 이들의 가슴에 사랑과 증오를 불러일으켰고, 예술과 삶에 있어 많은 분노와 신선한 바람을 이 세상에 가져왔다. 그는 많은 여인들을 사랑했고, 많은 전통과 신성한 것들을 파괴했으며, 많은 새로운 일들도 과감하게 시도했다. 그는 가득 찬 술잔을 수많이 비웠으며, 수많은 낮과 별이 총총한 밤 동안 호흡했고, 수없이 많이 햇볕에 그을렸으며, 수없이 많은 물에서 헤엄쳤다. 이제 그는 여기에 앉아 있다, 이탈리아일 수도, 인도일 수도, 중국일 수도 있는 곳에. 여름 바람이 변덕스럽게 밤나무 꼭대기를 밀쳐 댔고, 세상은 멋지고 완벽했다. 그가 수백 장의 그림을 그리든 또는 열 장을 그리든, 그가 아직 스무 해의 여름을 더 살든 아니면 한 해의 여름을 더 살든, 그것은 아무래도 상관없었다. 그는 지치고 지쳤다. 모든 것은 죽으며, 모든 것은 기꺼이 죽어 간다. 브라보, 두보!

집으로 갈 시간이었다. 그는 비틀거리며 집으로 들어가리라, 발코니 문으로 불어오는 바람이 그를 맞으리라. 그는 불을 켤 것이고, 스케치한 것을 펼치리라. 크롬 옐로와 차이나 블루를 많이 사용한 숲 속은 그런대로 흡족했고, 이것은 언젠가 완전한 그림으로 그려지리라. 그럼 갈 시간이 되는 것이다.

그럼에도 그는 바람에 머리칼을 나부끼며, 바람에 흔들리는 지저분한 리넨 상의를 입고, 저물어 가는 가슴에 미소와 고통을 담고서 앉아 있었다. 바람은 힘없이 부드럽게 불고 있었고, 박쥐들은 빛이 사라져 가는 하늘을 소리 없이 부드럽게 비틀대며 날고 있었다. 모든 것은 죽으며, 모든 것은 기꺼이 죽어 간다. 영원한 어머니만이 존재할 뿐이다.

그는 여기에서 잘 수도 있었다, 적어도 한 시간 정도는. 이곳은 꽤나 따스했다. 그는 배낭을 베고 하늘을 바라다보았다. 세상은 이 얼마나 아름다운가, 세상은 얼마나 포만감을 느끼게 하고 지치게 만드는가!

나무로 된 느슨한 신발 바닥을 힘차게 디디면서 천천히 산을 걸어 내려오는 발소리가 들렸다. 고비와 양골담초 사이에서 어떤 형체가, 어떤 여인이 나타났는데, 그녀가 입고 있는 옷의 색깔은 더 이상 알아볼 수 없었다. 그녀는 다부지면서도 일정한 걸음걸이로 가까이 다가왔다. 클링조어는 펄쩍 뛰어오르면서 큰 소리로 인사를 했다. 그녀는 약간 놀라서 잠시 그대로 멈춰 섰다. 그는 그녀의 얼굴을 보았다. 본 적이 있는 얼굴이었지만 어디서 보았는지는 기억나지 않았다. 그녀는 예쁘고 가무잡잡한 피부를 지녔으며, 아름답고 건강한 치아가 맑게 반짝였다.

그는 "이봐요!"라고 소리치며 그녀에게 악수를 청했다. 그는 자신과 그녀를 연결하는 무엇, 어떤 가느다란 기억을 떠올렸다.

"나를 알아보시겠소?"

"마돈나!* 당신은 카스타네타의 그 화가분 아니세요? 저를

* 어머나!(이탈리아어)

알아보시겠어요?"

아, 그는 그제야 알았다. 그녀는 타베르네탈의 농부였고, 그는 이번 여름 언젠가 그림자를 짙게 드리운 혼란스런 때에 그녀의 집 옆에서 몇 시간 동안 그림을 그렸다. 그녀의 샘에서 물을 길어다 썼고, 한 시간 동안 무화과나무 그늘에서 깜박 잠이 들었으며, 마침내 술 한 잔과 키스를 그녀에게 받은 일이 있었다.

"당신은 그때 이후로 찾아오지 않으셨지요, 다시 오겠다고 저에게 철석같이 약속하시고선." 하고 그녀는 불만스러운 듯이 말했다.

그녀의 낮은 목소리에는 악의와 도전의 감정이 실려 있었다. 클링조어는 생기가 돌았다.

"에코*, 당신이 지금 나에게로 왔으니 얼마나 더 좋은 일이오! 내가 이렇게 외로이 우울해 하고 있는 지금, 이 얼마나 큰 행운이란 말이오!"

"우울하다고요? 말도 안 되는 소리 마세요, 여보세요, 당신은 장난꾼이잖아요, 당신의 말은 한 마디도 믿을 수 없어요. 자, 전 가던 길을 계속 가야 해요."

"아, 그렇다면 제가 동행해 드리지요."

"이 길은 당신의 길이 아니에요, 그러실 필요도 없고요. 저에게 무슨 일이라도 일어날까 봐서요?"

"당신은 괜찮을지 몰라도 난 안 그래요. 나 아닌 다른 누군가가 나타나 쉽게 당신 마음에 들 수도 있지 않소, 그리고 당

---
*여기, 여기에 있소.(이탈리아어)

신과 함께 가고, 당신의 사랑스런 입술과 목과 아름다운 가슴에 입맞춤을 하고. 아니, 그래서는 안 되지요."

그는 손으로 그녀의 목덜미를 감싸서 그녀가 마음대로 움직일 수 없게 했다.

"내 작은 별이여! 내 보물이여! 작고 달콤한 내 자두여! 나를 드시오, 그러지 않으면 내가 당신을 먹어 버리겠소."

그는 웃으면서 몸을 뒤로 젖히는 그녀에게, 그녀의 벌어진 두꺼운 입술에 입맞춤을 했다. 그녀는 저항하고 반항하다 결국 항복했으며, 다시 입맞춤을 했고, 머리를 흔들었고, 웃었으며, 몸을 빼려고 했다. 그는 그녀를 끌어당겨서, 입을 그녀의 입에, 손을 그녀의 가슴에 가져갔다. 그녀의 머리칼에서는 마른 풀, 양골담초, 고사리, 나무딸기 등 여름 냄새가 났다. 그가 잠시 숨을 깊이 들이마시고 머리를 젖혔을 때, 노을이 잦아드는 하늘에 작고 하얀 첫 번째 별이 떠오른 것이 보였다. 여인은 침묵했으며, 그녀의 얼굴은 심각한 빛을 띠었고, 그녀는 한숨을 쉬었으며, 자신의 손을 그의 손 위에 얹고 자신의 가슴을 꼭 눌렀다. 그는 몸을 부드럽게 굽혀, 더 이상 저항하지 않는 그녀의 팔을 오금 쪽으로 눌러, 그녀를 잔디에 눕혔다.

"저를 사랑하세요?" 그녀는 어린 소녀처럼 물었다. "포베라 메!*"

그들은 술을 마셨고, 바람이 그들의 머리카락을 스치면서 그들의 숨결을 가져갔다.

작별하기 전에 그는 배낭과 윗도리 주머니까지 뒤져서 그녀

---

* 내가 너무 불쌍해!(이탈리아어)

에게 줄 것이 없는지 찾았다. 그는 은으로 된 작은 함을 발견했는데, 거기에는 담배가 아직 반쯤 남아 있었다. 그는 담배를 비우고 그 함을 그녀에게 줬다.

"이건 선물이 아니오, 진짜 아니오!" 그는 다짐하듯이 말했다. "당신이 나를 잊지 말고 기억해 주기를 바라는 것일 뿐이오."

"전 당신을 잊지 않아요." 그녀는 덧붙여서 "다시 오시나요?"라고 물었다.

그는 침울해졌다. 천천히 그녀의 두 눈에 입맞춤을 했다.

"다시 오겠소."라고 그는 말했다.

한참 동안 그는 미동도 하지 않은 채 서서, 나무로 된 신발창이 산 아래로 내려가며 내는 소리를, 풀밭을 거쳐 숲으로 흙바닥, 바위, 나뭇잎, 나무뿌리를 밟고 지나가는 소리를 들었다. 이제 그녀는 사라졌다. 밤의 숲은 검게 서 있었고, 빛이 사라져 버린 땅 위로 바람이 온화하게 스쳐 지나갔다. 버섯인지 시든 고사리인지 모를 어떤 것에서 진한 가을 향내가 풍겨 왔다.

클링조어는 집으로 돌아갈 것인지 말 것인지 결정을 내릴 수 없었다. 무엇 때문에 지금 산을 올라간단 말인가, 무엇 때문에 그림이 있는 방 안으로 들어간단 말인가? 그는 잔디에 사지를 쭉 펴고 누워 별을 바라보았으며, 그러다가 잠이 들었다. 밤늦게까지 잠을 자다가, 동물 소리인지 바람 소리인지, 아니면 이슬방울의 서늘함인지 모를 어떤 것 때문에 잠이 깼다. 그는 카스타네타로 올라가서 자신의 집, 집의 문, 문의 방 등을 찾았다. 거기엔 편지와 꽃이 놓여 있었다. 친구가 방문했던 모양이었다.

그는 굉장히 피곤했지만, 오랫동안 해 온 버릇대로, 밤을 꼬박 새워, 짐을 풀고 등불 아래에서 낮에 스케치한 그림들을 보았다. 숲 속은 아름다웠고, 빛이 들어온 음지에 우거진 잡초와 암석은 보물 창고처럼 서늘하고 멋지게 반짝였다. 그가 크롬 옐로와 오렌지와 파랑만 사용하여 작업하고 치노버 그린을 제외한 것은 잘한 일이었다. 그는 그 스케치를 오랫동안 바라보았다.

그런데 무엇 때문에? 무엇 때문에 이 모든 그림들은 색채로 가득 차 있는가? 무엇 때문에 이 모든 수고, 이 모든 땀방울, 이 모든, 느닷없는, 도취한 창작 욕구가 존재하는가? 구원이 있었는가? 휴식이 있었는가? 평온이 있었는가?

그는 옷을 벗을 엄두도 내지 못한 채, 기진맥진하여 침대로 쓰러졌다. 불을 끄고 잠을 청하면서 두보의 시구를 흥얼거렸다.

곧 내 갈색 무덤 위로
바람이 휭 소리를 내며 불 것이다.

7
매정한 녀석 루이스에게 보내는 편지

카로 루이지!* 오랫동안 자네의 목소리를 들을 수 없었네. 아직 해를 보고 살고 있는가? 아니면 벌써 독수리가 자네의 다리를 쪼고 있는가?

언젠가 자네는 멈춰 서 있는 벽시계를 뜨개바늘로 쑤신 적이 있었지? 나도 한 번 그렇게 한 적이 있다네. 갑자기 악마가 시계 속으로 들어가고, 존재하는 모든 시간이 덜컹거리며 지나가고, 시곗바늘은 시계판 위에서 경주를 하고, 시곗바늘이 기분 나쁜 소음을 내면서 프레스티시모**의 템포로 미친 듯이 돌아가는 체험을 했네. 모든 것이 갑자기 정지하고 시계가 움직임을 멈출 때까지 말일세. 지금 내가 있는 이곳이 바로 그러하다네. 하늘에서는 살인 충동에 불타 미쳐 날뛰는 정신병자

---

* 친애하는 루이지 보게나!(이탈리아어)
** 악보에서 가능한 한 빠르게 연주하라는 말.

처럼 해와 달이 쫓기듯 달려가고, 하루는 또 하루를 몰아대고, 자루에 난 구멍으로 새듯 시간은 그렇게 흐르고 있다네. 바라 건대 종말도 그렇게 급작스레 닥쳐와 곤드레가 된 이 세상이 몰락해 버리기를. 시민적인 속도*로 되돌아가는 대신에 말일세.

요즈음 나는 너무나 바빠서 무엇을 생각할 겨를도 없다네!("무엇을 생각할 겨를도 없다."라는 소위 이 '명제'를 한번 큰소리로 중얼거려 본다면, 이 얼마나 우스꽝스럽게 들리겠는가.) 저녁때면 종종 자네의 빈자리가 느껴져 퍽 쓸쓸하다네. 그럴 때면 나는 대개 어딘지 모를 숲 속의 어떤 술집에 앉아 내가 좋아하는 적포도주를 마신다네. 그 포도주는 대개 상품(上品)은 아닐지라도, 삶을 지탱하는 데 도움을 주고 잠도 잘 오게 한다네. 나는 심지어 그로토의 식탁에서 몇 번 잠들기도 했는데, 그곳 토박이가 조롱하듯 히죽 웃는데도 내 신경쇠약으로 그럭저럭 버틸 수 있음을 확인했다네. 때로는 친구들과 아가씨들도 동석을 했다네. 그들은 손가락으로 아가씨들의 부드러운 아랫부분에 장난질을 치면서 오두막과 상품 판매 그리고 예술에 관해 이야기했다네. 때로 분위기가 좋으면 우리는 밤새 소리 지르고 웃기도 하고, 사람들은 클링조어가 재미있는 친구라고 하며 즐거워했다네. 여기 굉장히 어여쁜 여인이 있는데, 그녀는 만날 때마다 내게 자네 소식을 묻는다네.

자네와 내가 하고 있는 예술은, 어느 교수가 말할는지 모르겠지만, 여전히 대상에 너무 집착하고 있네.(그림 수수께끼**로

---

* 정상적인 속도, 정상적인 상태.
* 그림(의 일부), 기호, 철자 등을 이용하여 단어나 어구를 짜 맞추는 것.

잘 설명될 수 있을 걸세.) 우린 여전히 그림을 그리고 있네, 비록 어느 정도 자유로운 붓놀림으로 사람, 나무, 대목장, 기차, 풍경 등 '현실'의 사물들을 그려서 부르주아지를 자극하기에 충분하긴 하지만 말일세. 우린 아직도 인습에 순응하고 있네. 시민들은 모두가 혹은 대다수가 비슷하다고 인식하고 기술하는 사물들을 "현실적"이라고 부른다네. 나는 이번 여름이 끝나는 대로 한동안 상상화만, 특히 꿈만 그릴 생각이네. 거기에는 부분적으로 자네 취향도 덧붙을 걸세, 퀼른 성당의 토끼 사냥꾼 콜로피노의 이야기에서처럼 엄청나게 재미있고 놀라운 내용 말이네. 비록 내가 딛고 서 있는 땅바닥이 약간 얇아졌다고 느끼고, 비록 내가 다가올 세월과 행동에 대해 거의 기대를 하지 않고 있긴 하지만, 아무튼 나는 강렬한 로킷을 몇 발 쏘아서 이 세상에 복수해 주고 싶다네. 화상(畵商)이 나에게 짤막하게 쓰기를, 나의 최근 작품들에서 내가 제2의 청춘을 체험하고 있는 듯해서 경탄해 마지않으며 주시하고 있노라고 했다네. 뭐, 완전히 틀린 말은 아니네. 정말이지 나는 올해에 들어서야 비로소 그림 그리기를 제대로 시작한 느낌이네. 그러나 내가 체험한 것은 봄이라기보다는 폭발이었네. 마치 내 몸속에 아직도 많은 다이너마이트가 꽂혀 있는 듯이 꽹장한 것이었네. 그러나 다이너마이트는 연료 절약용 화덕에서는 불이 잘 붙을 수가 없지.

여보게, 루이스. 나는 벌써 여러 번, 우리 나이 든 탓아 두 사람이 실제로는 부끄럼을 엄청나게 많이 타서 서로가 품고 있는 감정을 상대방에게 들킬 것 같으면 차라리 술잔을 서로의 머리에 집어던지곤 했던 생각을 하고는 내심 즐거워했다네. 그

마음이 언제나 그대로였으면 좋겠네, 늙은 고슴도치여!

우리는 최근에 바렝고 근처의 그 그로토에서 빵과 포도주로 잔치를 벌였네. 우리의 노랫소리는 한밤중에 교목림(喬木林) 사이로 멋지게 울려 퍼졌다네. 오래된 로마풍의 노래 말일세. 다행히도 나이가 들고 발이 시리기 시작하면, 행복해지기 위해서 그렇게 많은 것들이 필요하지 않네. 하루에 여덟 시간에서 열 시간 정도의 작업, 1리터의 피에몬트산 포도주, 반 파운드의 빵, 버지니아산 담배 한 갑, 몇 명의 여자 친구들, 물론 마음씨가 따뜻해야지, 그리고 좋은 날씨, 이것이면 충분하다네. 우리는 이것들을 가지고 있네. 태양은 멋지게 빛나고, 내 머리는 미라의 머리통처럼 볕에 그을렸다네.

여러 날 동안 내 인생과 작업이 이제야 비로소 시작된다는 느낌이 들었네. 그러나 때로는 내가 한 팔십 년쯤 힘들게 작업을 한 것 같아서 조만간 일을 끝내고 휴식을 취하리라는 생각도 한다네. 루이스, 누구나 한 번은 종말을 맞이해야 하네, 나도 그렇고, 자네도 마찬가지일세. 아마도 우울증인가 보이. 나는 눈도 많이 아프고, 때론 십 년 전에 읽었던 망막 제거에 관한 논문이 자꾸만 머릿속에 떠올라 괴롭다네.

자네도 익히 알고 있는 그 발코니 문을 통해 세상을 내려다볼 때면, 우리는 아직도 한동안 열심히 일해야 한다는 생각이 분명히 든다네. 세상은 형언할 수 없으리만치 아름답고 다채로우며, 그 세상이 밤낮 할 것 없이 이 초록색의 높은 문을 통해 내게로 들어와서 소리치고 요구한다네. 그러면 나는 언제나 밖으로 달려 나가서 세상의 한 조각, 손톱만 한 조각 하나를 내 것으로 만든다네. 여기, 초록을 담고 있는 대상들은 건조한 여름을 지나 이제 멋지게 빛나고 붉게 물들었네, 내가 잉글리시 레드와 시에나*를 다시 잡으리라고는 꿈에도 생각하지 못했는데 말일세. 더욱이 그루터기만 남은 들판, 포도 수확, 옥수수 추수, 붉은 숲 등 가을 전부가 눈앞에 있네. 나는 이 모든 일에 다시 한번 참여할 걸세, 매일매일. 그래서 수백 장의 스케치를 할 걸세. 그렇지만 나는 내면으로 가는 길을 다시 한번 걸을 것이란 생각도 드네. 내가 젊었을 때 잠시 그랬던 것처럼 말이네. 순전히 회상과 상상만으로 그릴 것이네. 시도 쓰고, 꿈도 자을 것이네. 그래야만 하네.

파리의 어떤 위대한 화가가 조언을 구하는 젊은 예술가에게 이렇게 말했다네. "젊은이, 자네가 화가가 되겠다면 말이오, 무엇보다도 잘 먹어야 한다는 사실을 잊지 마시오. 둘째로, 소화도 중요하오, 규칙적으로 배변하도록 신경 쓰시오! 그리고 셋째, 언제나 예쁘고 어린 여자친구를 사귀시오!" 그래, 사람들은 내가 애초부터 예술을 그렇게 시작하는 것이라고 배웠으며, 거기에서 빠진 것이 하나도 없을 것이라고 생각할 거야. 하지만 금년에는, 빌어먹을, 그 간단한 일들이 내 경우엔 더 이상 부합되지가 않아. 나는 변변히 먹지도 못하고 있으며, 어떤 때는 하루 종일 빵만 뜯어 먹을 때도 있다네. 그래서 때로는 위장에 문제가 생기곤 해.(자네에게 말하건대, 이건 신경 써야만 하는 가장 쓸데없는 일이라네!) 그리고 나는 제대로 된, 어린 여자친구도 하나 없네. 네댓 명의 여자와 관계하고 있는데, 대개의 경우에는 허기진 것처럼 오히려 소진되어 버린다네. 시계에 뭘

---

* 적갈색.

가 문제가 있어서 바늘로 쑤셨더니, 그 후로 시계가 다시 가긴 하지만 사탄처럼 빠르게 돌아가면서 믿기 어려운 이상한 소리를 쩔그럭쩔그럭 내고 있다네.* 건강하다면, 삶이란 얼마나 단순한가! 아마도 우리가 팔레트에 관해 논쟁했을 때를 제외하고 이렇게 긴 편지를 예전에는 나에게서 받아 보지 못했을 걸세. 그만 쓰겠네. 5시가 되어 가네. 아름다운 빛이 비치기 시작하네. 잘 지내게.

클링조어

추신 : 자네는 내가 그린 그림, 그러니까 오두막, 붉은 길, 베로나 그린을 띠는 톱니 모양의 나무 등이 있고, 멀리 장난감 같은 도시가 배경으로 있는, 중국 분위기가 물씬 풍기는 작은 그림을 좋아했던 것으로 기억하네. 지금 그것을 보내 줄 수는 없네, 자네가 어디에 있는지도 모르니까 말이야. 하지만 그 그림은 자네 거야. 만약을 대비해서 해 두는 말이네.

---

* 죽기 직전 마지막으로 열정적인 움직임을 내보이는 생명력에 대한 비유로, 곧 다가올 클링조어의 죽음을 암시.

8
클링조어가 친구 두보에게 보내는 시

(그가 자화상을 그리던 무렵)

나는 술에 취해 밤바람이 들이치는 숲에 앉아 있네,
가을은 노래하는 가지를 지분거리고 있고,
비워 버린 내 술병을 채우기 위해,
주인장은 구시렁거리며 지하 술 창고로 간다네.

내일, 내일이면 창백한 죽음이
쩔그럭거리는 낫을 내 붉은 살에 내리꽂으리라,
나는 이미 오래전부터 그 잔혹한 적이
매복해 있음을 알고 있었으니.

그를 조롱하기 위하여, 나는 반야(半夜)를 노래 부르네,
취한 나의 노래는 웅얼거리며 지친 숲 속으로 퍼진다네,

내가 부르는 노래와 내가 마시는 술의 의미는
그의 위협을 비웃어 주는 것이라네.

나, 기나긴 노정의 방랑자는 많은 것을 행하고 또 겪었다네,
이제 이 저녁에 앉아, 술을 마시며 불안하게 기다린다네,
번쩍이는 낫이
내 머리를 움찔거리는 심장과 분리할 때까지.

9
자화상

수 주 동안 건조한 태양의 열기가 이례적으로 내리쬔 다음, 9월 초 며칠간 비가 왔다. 그 무렵 클링조어는 창이 높이 달린 카스타네타의 작업실 홀에서 자신의 초상화를 그리고 있었다. 그 그림은 지금 프랑크푸르트에 걸려 있다.

끔찍하긴 하지만 아주 매혹적인 아름다움을 지니고 있는 이 그림, 그가 끝까지 완성한 이 마지막 작품은 그해 여름 마지막으로 작업한 것이었으며, 엄청난 열과 성을 다한 작업의 막바지에 이룬 정점이었다. 이 그림은 많은 사람들의 시선을 끌었으며, 클링조어를 아는 사람이면 누구나 이 그림에서 그를 첫눈에 분명히 알아보았다. 초상화라는 것이 자연주의적 유사함에서 결코 벗어날 수 없는 것이기는 하지만 말이다.

클링조어의 후기 작품 모두가 그렇듯이, 이 자화상은 여러 가지 관점에서 살펴볼 수 있다. 많은 사람들에게, 특히 이 화가를 모르는 사람들에게까지도, 이 그림은 무엇보다 색채의 협주곡, 놀랍도록 잘 조화된 협주곡, 엄청나게 다채로우면서도 동시에 고요하고 고귀한 느낌을 주는 양탄자였다. 또 어떤 사람들은 이 그림을 보고 대상으로부터 해방되려는, 대담하고 실로 필사적인 마지막 시도라는 인상을 받았다. 얼굴을 풍경처럼 그렸는데, 머리칼은 나뭇잎과 나무껍질을 연상시켰으며, 눈구멍은 바위의 틈새 같았다. 멀리서 보면 산등성이가 사람 얼굴처럼 보이고 나뭇가지가 손발처럼 보이는 것과 마찬가지로, 그림을 본 사람들은 단지 우의(愚意)적인 시각으로 이 그림도 자연을 연상시킨다고들 했다. 그러나 또 다른 많은 사람들이 이와는 반대로 바로 이 작품에서 오직 대상을, 클링조어 자신이 무자비한 심리적 통찰로 분해하고 해석한 그의 얼굴, 거대한 고백, 가차 없고 감동적이며 충격적인 고백만을 보았다. 그에게 항상 비판적인 태도를 보인 비평가들도 몇몇 포함된, 매우 격분한 또 다른 사람들은 이 초상화에서 정신착란에 빠진 것으로 추정되는 클링조어가 이루어 놓은 산물과 징표만을 보았다. 그들은 그림에 나타난 머리를 자연주의적으로 관찰된 원형, 즉 사진과 비교했으며 변형되고 과장된 형상에서 깜둥이 같은, 퇴폐적인, 저질스러운 행동이 반복되는 동물적인 특징들을 발견했다. 그들 중 상당수는 이 그림에서 나타나는 우상 숭배적 요소와 환상적 요소를 비난했으며, 또한 이 그림에서 일종의 편집증적 자기 숭배, 신성모독과 자기 찬미, 일종의 종교적 과대망상증을 보았다. 이 모든 관찰 방식들이 가능할뿐더러 그 밖의 여러 다른 관점에서 이 그림을 보는 것도 가능하다.

이 그림을 그리는 동안, 클링조어는 밤에 포도주를 마시러 나가는 것 말고는 외출을 일절 하지 않았다. 오직 여관 안주인이 가져다주는 빵과 과일만 먹었다. 깎지 않은 수염과 그을린 이마 아래 움푹 들어간 눈 때문에 그의 모습은 실제로 무섭게 보였다. 그는 가만히 앉은 채로 외워서 그렸으며, 가끔씩만, 거의 작업을 잠시 멈추는 동안에만 북쪽 벽에 걸린 커다랗고 고풍스러운, 장미 넝쿨 그림으로 장식된 거울로 가서 머리를 앞으로 내밀어 보고, 눈을 크게 떠 보고, 얼굴을 찡그려 보기도 했다.

큰 거울의 빛바랜 장미 넝쿨 사이에 비친 자신의 얼굴 뒤에서 클링조어는 많은, 수많은 얼굴들을 보았으며, 자신의 얼굴에다 많은 얼굴들, 귀여운 그리고 놀란 어린아이의 얼굴들, 꿈과 격정으로 가득한 청년의 관자놀이들, 비웃는 술꾼의 눈들, 그리고 갈증을 호소하는 사람의, 뒤쫓기는 사람의, 괴로워하는 사람의, 무엇인가를 찾는 사람의, 탕아의, 앙팡 페르뒤*의 입술들을 그려 넣었다. 그러나 머리는 원시림의 신, 스스로를 사랑한 시기심 많은 여호와**, 첫아이와 처녀를 제물로 삼는 도깨비 등 위엄이 있으면서도 잔인한 형상으로 구성했다. 이들은 클링조어의 얼굴이 가지고 있는 몇몇 모습이었다. 그 밖에도 타락한 사람, 몰락한 사람, 그 몰락에 동의한 사람 등의 얼굴이 있었다. 그의 두개골에서는 이끼가 자라났고, 오래된 치아들이 비스듬히 박혀 있었다. 주름진 피부에는 균열이 줄지어 이어지고 있었고, 그 사이에는 부스럼 딱지와 곰팡이가 피어 있었다. 몇몇 친구들이 특별히 좋아하는 그림은 그러했다. 그들은 말

---

* 잃어버린 아이.(프랑스어)
** 구약 성경에 나오는, 이스라엘 민족의 유일신.

한다, 에케 호모*, 이것이 인간이라고. 말세의 지치고, 탐욕스럽고, 거칠고, 천진하면서도 세련된 우리 인간, 죽어 가는, 죽고자 하는 유럽인이라고. 동경함으로써 고상하게 되고, 악덕으로 인해 병들고, 자신의 몰락을 앎으로써 열광적으로 생기를 얻고, 발전을 준비함과 동시에 퇴보가 무르익는, 똘똘 뭉친 열정이자 넌더리나는 권태, 모르핀 중독자가 독에 중독되듯 운명과 고통에 중독된, 고독한, 내면적으로 약화된, 태곳적의, 파우스트이자 동시에 카라마조프, 동물이자 현자, 적나라하게 노출된, 명예욕이라고는 털끝만큼도 없는, 완전히 벌거벗은, 죽음을 죽이기 위해 죽음에 대해 어린아이가 느끼는 공포로 가득한 동시에 권태에 지쳐 죽음에 대한 준비를 끝낸 유럽인이라고.

게다가 이 모든 얼굴들 뒤의 더 깊은 곳에는 더 아득한 곳에 있는, 더 깊은 곳에 있는, 더 오래된 얼굴들, 원시적이고 동물적이며 식물적이고 목석 같은 얼굴들이 잠자고 있어서, 마치 지구 최후의 인류가 종말 직전에 선사 시대와 세계 청년기의 모든 형상들을 다시 한번 꿈처럼 빠르게 회상하는 듯했다.

엄청나게 긴장된 이 시기에 클링조어는 도취한 사람처럼 살았다. 밤에 그는 포도주를 실컷 들이켜고 일어나 한 손에 촛불을 들고 낡은 거울 앞에 서서 거기에 비친 얼굴을 자세히 들여다보았는데, 우울한 표정으로 히죽거리는 술꾼의 얼굴이 거기에 있었다. 그는 어느 날 저녁을 어떤 여자와 함께 보냈다. 작업실의 안락의자에서 벌거벗은 채 그녀를 껴안고 있는 동안, 그는 그녀의 어깨 너머로 거울을 응시했다. 그녀의 흐트러

---

* 이 사람을 보라.(라틴어)

진 머리 옆으로 충혈된 눈을 한 일그러진 얼굴, 쾌락으로 가득 하면서도 동시에 쾌락을 역겨워하는 그의 얼굴이 보였다. 그는 그녀에게 내일 다시 오라고 했지만, 섬뜩한 느낌에 휩싸인 그녀는 다시 오지 않았다.

그는 밤에 잠을 충분히 자지 못했다. 그는 종종 악몽에 시달려서, 얼굴에 진땀을 흘리며 사납고 삶에 지친 듯한 표정으로 잠을 깨곤 했다. 그럴 때면 그는 곧장 일어나서 옷장에 달린 거울을 뚫어지게 바라보았으며, 음울하고 증오로 가득한, 또는 남이 잘못된 것을 보고 고소해하듯 미소 짓는, 이 당혹스러운 표정들이 펼치는 난잡한 풍경을 읽어 냈다. 그는 꿈을 꾸었다. 꿈속에서 그는 자기 자신을 보았는데, 고문이라도 당한 듯이 두 눈에는 못이 여러 개 박혀 있었고, 갈고리에 걸린 코는 찢어져서 벌어져 있었다. 그는 눈에 못이 박혀 고문당하는 이 얼굴을 목탄으로 그렸다. 목탄은 손이 닿는 곳에 있던 책 위에 있었다. 그가 죽은 다음에야 이 기이한 스케치가 발견되었다. 그는 안면신경통이 발작해 의자 등받이에 몸을 구부정하게 의지하고는, 고통스러워서 웃기도 하고 소리를 지르기도 했으며, 흉하게 일그러진 자신의 얼굴을 거울 앞에 가져다가 경련을 일으키는 모습을 바라보았고 흘러내리는 눈물을 비웃었다.

그리고 그는 자신의 얼굴, 수천 개의 얼굴 뿐 아니라 눈과 입술, 고통으로 가득 찬 입의 좁은 계곡, 이마의 금이 간 암벽, 나무뿌리 같은 손, 경련을 일으키는 손가락, 오성(悟成)의 비웃음, 눈에 어린 죽음 등도 그려 넣었다. 그는 자신의 고집대로 과도한, 억압된, 발작적인 붓질로 자신의 삶, 자신의 사랑, 자신의 신앙, 자신의 절망을 그렸다. 그는 휘몰아 스쳐가는 폭풍

속에서 새처럼 무리를 지어 있는, 벌거벗은 여인들을 그려 넣었고, 사이비 신 클링조어 앞에 바친 제물, 자살한 사람의 얼굴을 한 청년, 멀리에 있는 사원과 숲, 강하면서도 어리석어 보이는, 수염을 기른 늙은 신, 비수에 찔려 갈라진 여인의 가슴, 날개에 얼굴이 달린 나비들을 그렸으며, 그림의 가장 뒤쪽에는 혼돈의 가장자리에 있는 죽음, 그림 속 클링조어의 머리에 바늘처럼 작은 창을 찔러 넣는 끔찍한 유령을 그렸다.

몇 시간 동안 그림을 그릴 때면 불안이 그를 엄습했다. 그러면 그는 방안을 쉼 없이 뛰어다니며 초조하게 움직였다. 방문은 그의 뒤쪽에서 바람에 덜컹거렸고, 그는 찬장에서 병들을 꺼내 깨부수고 서가에서 책들을 꺼내 잡아 찢고, 식탁 위 식탁보도 잡아 찢었으며, 바닥에 누워 책을 읽었고, 창밖으로 몸을 내밀어 심호흡을 하기도 했고, 옛날 스케치와 사진을 찾았으며, 모든 방의 바닥과 책상과 침대와 의자에 종이와 그림과 책과 편지들을 가득 흩어 놓기도 했다. 비바람이 창으로 들이치자, 모든 것은 어수선하고 참담하게 뒤죽박죽이 되어 버렸다. 그는 낡은 물건들 가운데서 어린 시절의 사진을 발견했다. 그가 네 살 때 찍은 사진이었는데, 하얀 여름옷을 입고 있었고, 희끄무레한 옅은 금발 아래에 귀여우면서도 당돌한 소년의 얼굴이 있었다. 그는 부모님의 초상과 젊은 애인들의 사진도 발견했다. 이 모든 것들은 그로 하여금 몰두하도록 했고, 그를 매료시켰으며, 긴장하게 했고, 고통스럽게 했으며, 그의 마음을 오락가락하게 만들었다. 그는 그 옆을 홱 지나 목판에 매달려 다시 그림을 그릴 때까지 이 모든 것을 낚아챘다가 집어 던지기를 반복했다. 그는 초상화에서 갈라진 암석의 틈으로 주름살을 더 깊이 표현했고, 자기 삶의 사원을 더 넓게 구축했다. 모든 존재의 영원성을 더 강력하게 표명했으며, 자신의 덧없음을 더 흐느끼면서, 미소 짓는 자신의 얼굴을 더 애교스럽게, 소멸 선고를 받은 자신을 더 조소적으로 그려 넣었다. 그런다음 그는 쫓기는 사슴처럼 다시 펄쩍 뛰어오르더니 포로처럼 빠른 걸음으로 방안을 이리저리 돌아다녔다. 그는 고통스러워서 다시 바닥에 쓰러질 때까지, 삶과 예술의 파편들이 그의 얼굴을 후려칠 때까지, 눅눅하지만 기분 좋은 뇌우같이 심오한 창조의 환희와 기쁨으로 온몸을 부르르 떨었다. 그는 그림 앞에서 기도를 했고, 그림에 침을 뱉기도 했다. 모든 창조자가 정신착란에 빠지듯이 그도 정신착란에 빠졌다. 하지만 그는 창조의 정신착란에 빠져 있으면서도 몽유병자처럼 너무나도 현명하게 작품을 진척시키는 모든 일을 다 했다. 그는 초상화를 그리는 이 끔찍한 투쟁에서 어떤 개인의 운명이나 그것에 대한 해명뿐 아니라 인간적인 것, 그리고 보편적인 것, 필연적인 것에 대한 설명도 이루어지고 있다는 경건한 느낌을 받았다. 그는 이제 다시 자신의 숙제, 운명 앞에 서 있다고 느꼈다. 지나간 모든 두려움과 회피와 도취와 흥분은 이 숙제에 대한 자신의 두려움이었으며 이것에 대한 회피에 불과한 것이었다고 생각했다. 이제 두려움도 회피도 더 이상 존재하지 않았다. 전진도, 베기도 찌르기도, 승리도 몰락도 없었다. 그는 승리했고 몰락했으며, 괴로워했고 웃었으며, 또한 이를 악물고 버텨 왔고, 죽였고 죽었으며, 낳았고 태어났다.

클링조어를 찾아온 어느 프랑스 화가를 여관 안주인이 응접실로 데리고 왔는데, 발 디딜 틈도 없을 정도로 난장판이 된

방에서는 무질서와 더러움이 히죽히죽 웃고 있었다. 소매와 얼굴에 물감을 묻힌 채, 허연 머리에 면도를 하지 않아 덥수룩한 수염을 한 클링조어가 나타났다. 그는 넓은 보폭으로 방안을 뛰어다녔다. 화가는 파리와 제노바에서 온 안부를 전하고, 존경을 표하는 말을 했다. 클링조어는 이리저리 왔다 갔다 했으며, 그의 말에 귀를 기울이는 것 같아 보이지 않았다. 손님이 당혹스러워서 말문을 닫고 돌아가려고 할 때, 클링조어가 다가가 물감이 덕지덕지 묻은 손을 그의 어깨에 올려놓고 그의 눈을 가까이에서 바라보며, 천천히, 가까스로 말했다. "고맙소. 고맙소, 친구. 나는 작업 중이오, 그래서 말을 할 수가 없소. 사람들은 말이 너무 많아, 언제나 그래. 기분 나빠하지 마시오, 그리고 내 친구들에게 안부를 부탁하오. 친구들에게 내가 그들을 사랑한다고 전해 주기 바라오." 그러고는 다시 다른 방으로 사라져 버렸다.

정신적으로 쫓기던 시기의 막바지에 이른 그는 사용하지 않는 빈 부엌에 완성된 그림을 가져다 놓고 자물쇠를 채웠다. 그는 이 그림을 한 번도 공개하지 않았다. 그러고 나서 그는 베로날*을 먹고 하루 밤낮 동안 꼬박 잠에 빠졌다. 그런 다음에야 그는 세수를 하고, 면도도 하고, 새 속옷가지와 옷을 걸치고 시내로 가서 지나에게 선물할 과일과 담배를 샀다.

---

* 강력한 수면제의 일종.

작품 해설

너 자신이 되라,
그러면 세상은 풍요롭고 아름다울지니.
— 헤르만 헤세, 『싯다르타』

1. 1919년과 헤세

1차 세계대전, 더 정확히 말하자면 1919년을 전후로 헤세의 작품 세계는 상당한 변화를 보인다. 이전 시기의 작품에서는 그가 현대 세계에 결핍되어 있다고 생각한 미(美), 명징성, 조화 등에 대한 동경이 드러난다. 그러나 그는 1차 세계대전을 통해 전쟁의 맹목성, 비참함, 광기 등을 경험하면서, 현실 생활의 결핍을 보상해 주는 수단으로서의 예술은 자족적인 도피임을 인식하고 예술의 사회적 책임 문제에 눈을 돌리게 된다. 한편으로 그는 이 시기에 가정이 붕괴되는 고통도 함께 겪게 되면서 정신적인 위기 상황 또한 맞이하게 된다. 헤세는 그 탈출구로서 몰락을 통해 수행되는, 소위 "내면으로 가는 길"(본문 86쪽)을 추구하게 된다. 예술은 새로운 존재 방식과 새로운 자기 이해를 추구하는 실험의 장이 된다. 이 시기의 고민을 가장 잘 보여 주는 작품 중 하나가 바로 『클링조어의 마지막 여름』이다. 대부분의 헤세 작품에는 자전적인 요소가 많이 포함되어 있는데, 이 작품도 예외가 아니다. 따라서 작품이 창작된 1919년을 전후한 헤세의 인생 여정을 살펴보는 것이 작품을 이해하는 데 도움이 될 것이다.

헤세는 1912년에 독일을 떠나 친구인 화가 알베르트 벨티가 살았던 스위스 베른의 집으로 이사한다. 그는 이곳에서 칠 년 동안 생활하다가 1919년 5월 테신 지방의 루가노 호수 근처에 있는 몬타뇰라로 이사하게 된다. 1차 세계대전이 발발한 1914년부터 그는 인생의 위기라고 할 만한 여러 사건들을 한꺼번에 겪게 된다. 그가 제2의 고향으로 생각한 몬타뇰라로 이사하게 된 사정을 간단히 살펴보자면 다음과 같다.

우선 1914년에 세 살배기 아들 마르틴이 장기간의 집중 치료를 요하는 뇌막염에 걸리고, 1915년부터는 아내 미아의 우울증이 극심해진다. 헤세는 1차 세계대전이 발발한 1914년부터 전쟁의 광기에 맞서 수많은 신문과 잡지에 삼십여 편 이상의 글을 기고하면서 "둥지를 더럽히는 녀석", "도피자", "조국이 없는 녀석" 등으로 매도당한다. 그는 비겁하고 의무를 모르는 사람으로 간주되는 것이 싫어 1914년에 자원입대하지만 시력과 나이 때문에 거부당하고, 1915년 베른의 독일 전쟁 포로 구호소에 배치된다. 그는 거기서 포로들에게 책을 보내 주는 임무를 부여받게 되는데, 사재를 털고 손수 그린 그림을 파는 등이 일에 전심전력한다. 1916년에는 사랑과 경외의 대상이었던 아버지의 죽음을 맞이한다. 헤세는 이러한 일련의 일들로 신경쇠약에 걸리게 되고, 루체른 근처 존마트의 요양소에서 융의

제자인 요제프 베른하르트 랑의 정신 분석 치료를 받는다. 융과의 만남은 후일 1921년 5월에 이루어진다.

그는 1920년대 중반까지도 정신적 위기를 완전히 극복하지 못했다. 1925년의 어느 편지에서는 "나는 몇 년 전부터, 베른을 떠난 이후로, 인간세계의 바깥에서, 가족도 없이, 생활의 공동체도 없이, 거의 매일 자살 문제를 코앞에 두고 있다네."라고 밝히기도 했다. 아내 미아는 1918년 정신착란이 발병해 요양소에 입원하게 된다. 요컨대, 헤세는 전쟁과 풍비박산이 난 가정으로 인해 고통 받았으며, 더욱이 인플레이션으로 저축한 돈의 가치가 떨어져 극심한 경제적인 문제에까지 시달렸다. 이러한 시기에 그가 세상과 단절하려는 마음으로 찾은 도피처가 몬타뇰라였다.

이러한 결정이 쉬운 것은 아니었다. 그는 이사하기 직전까지 치료를 받을 정도로 불안정한 상태였는데, 마침 포로 구호소의 일이 끝났기 때문에 이사는 절망의 바닥에서 벗어나기 위한 필사적인 노력의 일환이었다고 볼 수 있다. 처음에는 세상과 단절된 피난처로 생각하고 간 몬타뇰라는 그가 사십삼 년 이상이나 머물게 되는 제2의 고향이자, 그가 유명한 작품들을 창작하고 세계적인 명성을 얻게 해 주는 곳이 된다. 그는 바로크풍의 고풍스러운 집 '카사 카무치'로 이사를 하는데, 베른에서 책상과 책만 가져오고 나머지 세간은 빌렸다. 그리고 아내 미아는 정신병원에, 아이는 기숙학교와 친척의 손에 맡겼다. 당시의 심경을 고백한 헤세의 글을 보자.

나는 루가노로 갔다. 몇 주 동안 소렝고에 머물면서 집을 구

했다. 마침내 몬타뇰라의 카사 카무치를 발견했고, 1919년 5월
에 그리로 이사했다. (중략) 물론 나는 여기에서 아무것도 소
유하지 못했다. 집이 아니라 방 네 개에 세를 들었다. 나는 집
임자도 아니고 가장도 아니며, 따라서 집도 아이들도 하인도
소유하지 못했고, 내게는 개를 불러 줄 사람도 정원을 손질
해 줄 사람도 없었다. 나는 이제 빈털터리에 하찮은 글쟁이였
고, 남루한데다 약간은 수상한 이방인이었다. 그 이방인은 우
유와 쌀과 마카로니로 연명했고, 가장자리가 해어져 실밥이 드
러난 낡은 양복을 걸쳤으며, 가을에는 숲에서 주워 온 밤으로
저녁을 때웠다. (중략) 악몽에서, 수년 동안 지속되었던 악몽에
서 깨어나듯이, 나는 자유와 공기와 태양과 고독과 일을 빨아
들였다. 나는 그해 첫 여름에 『클라인과 바그너』, 『클링조어의
마지막 여름』을 연이어 작업함으로써 내면의 긴장이 어느 정도
해소되어 다음해 겨울에는 『싯다르타』를 시작할 수 있었다. 즉,
나는 몰락한 것이 아니라 다시 한 번 기운을 끌어모은 것이다.
나는 여전히 작업하고 집중할 수 있는 능력을 상실하지 않았
다. 다소 두려웠지만, 전쟁 동안 내 정신이 말살되지는 않았다.
여러 친구들이 항상 충실하게 도와주지 않았다면, 나는 전쟁
기간 동안 물질적으로 살아남지 못했을 것이며 창작 작업도
해내지 못했을 것이다.

바그너는 1880년 여름에 이탈리아 남부의 해안 마을 라벨로
에 있는 빌라 루폴로의 정원에 매혹되어 방명록에 "여기가 바
로 클링조어의 마술 정원"이라고 기록했고, 「파르치팔」의 무대
배경에 이 정원을 옮겨 놓은 바 있다. 헤세는 1931년 니논 돌빈

과 결혼하면서 '카사 로사'로 이사하기까지 카사 카무치에서 십이 년간 생활하면서 『싯다르타』, 『황야의 이리』, 『나르치스와 골트문트』를 집필하는 등 왕성한 창작 활동을 하게 된다. 그는 자신이 살게 된 집에 매우 만족했으며, 『클링조어의 마지막 여름』 첫 부분에서 카사 카무치의 전망 좋은 발코니에서 내려다본 정원 풍경을 묘사하고 있을 뿐 아니라 다른 많은 작품에서도 이 집에 관하여 언급했다. 바그너가 1880년 라벨로의 빌라 루폴로에서 발견했던 클링조어의 정원을, 헤세는 1919년 몬타뇰라의 카사 카무치에서 발견했던 것이다.

1919년 5월에 카사 카무치로 이사한 헤세는 후일 이곳으로 이사한 소감을 밝힌 글에서 "여기에서 나는 남편도, 가장도 아니었다. 여기에서는 오직 나 혼자만이 집에 있었다."라며 해방감을 피력한다. 그러나 헤세가 이러한 해방감을 맛보기까지 개인적으로 겪어야 했던 물질적·정신적 고통은 위에서 살펴봤듯이 엄청난 것이었다. 이 해방감이란 야자수가 있는 남방의 경치와 새로운 생활 방식 덕에 이사 전보다 심리적으로 안정되었다는 의미이지 결코 글자 그대로의 해방은 아니었다. 그는 천성적으로 예민한 성격인데다 지난 몇 년간 겪은 정신적 고통 때문에 이후 만성적인 우울증에 시달리게 되며, 통풍과 류머티즘, 그리고 눈의 통증으로 평생 고생하게 된다. 이러한 상황에서도 이사를 하면서 한줄기 위안을 얻게 된 그는 이 기회를 통해 자신의 모든 에너지를 글 쓰는 일에 쏟아붓는다. 전집에서 1920년 7월경의 일기라고 말하는 아래 글은 상황이나 내용, 문체로 봤을 때 『클링조어의 마지막 여름』을 집필하던 시기와 매우 흡사하다.

병이 지나간 듯하다. 나는 죽지 않았다. 다시 지구와 태양이 나를 위해 돈다. (중략) 호수와 숲이 살아 있는 나의 시선에 잡히고 (중략) 세상은 내 가슴에 여러 소리로 울리는, 마술 같은 음악을 연주한다. 이러한 날, 다채로운 인생의 종이에 하나의 단어를, '세계'나 '태양'과 같은 단어를, 마술로 화음으로 충만으로 가득 찬 단어를, 충만보다 더 충만한, 풍부보다 더 풍부한 단어를, 완전한 충일과 완전한 앎의 의미를 지닌 단어를 적고 싶다.

1919년 여름 그는 『클라인과 바그너』를 완성한 후 곧바로 『클링조어의 마지막 여름』에 몰두하여 약 사 주 만에 탈고한다. 그는 창작을 통해 극심한 우울증과 자살 충동을 극복했다고 볼 수 있다. 헤세는 이 무렵의 편지글에서 『클링조어의 마지막 여름』을 창작할 당시의 상황에 대해 "격정적으로, 신들린 듯이, 쉼 없이" 작업에 몰두했으며, 이 작품이 "표현주의풍의 환상적인 작품"이라고 소개하고 있다.

이번 여름을 아주 특별하고 유일한 시간으로 만들어 줄 세가지 상황이 한꺼번에 닥쳤습니다. 1919년이라는 해는 전쟁에서 삶으로 귀환한 해이며, 속박에서 벗어나 자유를 찾은 해입니다. 이 두 가지가 가장 중요한 일입니다. 그런데 여기에 남쪽의 분위기, 기후, 언어가 추가되고, 제가 거의 겪어 보지 못했던 여름이 하늘의 은총으로 더해졌습니다. 힘과 열기, 유혹과 햇살을 가진 여름과 동행했고, 그 여름은 독한 포도주처럼 제 몸 곳곳에 스며들었습니다. 그것은 클링조어의 여름이었습니다.

태양이 이글거리던 날에 저는 마을들과 밤나무 숲을 가로질러 걸었고, 접이식 간이 의자에 앉아 몰려드는 마술 가운데 몇몇을 수채화 물감으로 보존하려고 시도했습니다. 밤공기가 차지 않으면 밤늦은 시간까지 창과 문을 모두 열어 놓은 채 클링조어의 작은 성에 앉아서, 내가 붓으로 그린 것보다 더 노련하고 신중하게 언어로써 이 전례 없는 여름의 노래를 부르려고 시도했습니다. 그리하여 화가 클링조어의 이야기가 생겨나게 된 것입니다.*

　이 글은 『클링조어의 마지막 여름』을 이해하는 데 중요한 실마리를 제공하고 있다. 때는 태양이 이글거리는 "클링조어의 여름"이었고, 헤세는 직접 수채화를 그렸으며, "클링조어의 작은 성"에서 그림을 언어로 "노래"하려고 시도했는데, 이것이 "화가 클링조어"의 이야기이다. 요컨대, 클링조어의 여름은 헤세가 몬타놀라에서 처음 맞이한 여름이고, 클링조어의 성은 헤세의 집이며, 그림을 음악성이 깃든 글로 표현한 것이 『클링조어의 마지막 여름』이라는 작품인 것이다. 클링조어의 여름이라는 조어를 만든 것은 자신이 정신적 죽음의 문턱에서 겪은 한계 체험을, 문학적 허구 세계 안에서 죽음을 앞둔 화가 클링조어의 삶으로 승화시킨 1919년 여름이 헤세에게 어느 때보다 더 소중하고 기억에 남는 시기였기 때문일 것이다. 그는 창작에 몰두하고 거기에 도취함으로써 삶과 죽음의 팽팽한 긴장을 해소하고, 개인적 위기를 문학적으로 승화시켰다. 창작을 통해

---

* 고딕체 강조는 옮긴이.

지금까지의 모든 고통과 시련을 잊을 수 있었고, 창작에 몰두함으로써 우울증을 떨칠 수 있었고, 창작하는 일에 자신의 모든 것을 소진함으로써 생명을 얻을 수 있었던 것이다.

2. 자전적 요소

『클링조어의 마지막 여름』은 형식적으로는 길이가 다양한 열 개의 에피소드로 구성되어 있으며, 유명한 화가 클링조어가 생애 마지막 여름 동안 모든 생명력을 불태워 자화상을 완성한다는 내용을 담고 있다. 앞서 말했듯이 이 작품에도 자전적인 내용이 매우 많이 포함되어 있다.

소설에 등장하는 지명은 대개가 몬타뇰라 인근의 실제 지명을 가공한 것이다. 소설 속 팜팜비오라는 지명은 팜비오, 카레노는 카로나, 라구노는 루가노, 카라비나는 카라비아, 살루테 산은 살바토레 산, 카스타녜타는 몬타뇰라, 카스티야는 산피에트로 디 카스텔로, 카르타고는 케르테나고, 바렝고는 소렝고, 팔라체토는 파찰로, 몬테도로는 콜리나도로, 마누초는 무차노, 벨리아는 빌리오, 칸베토는 콘베티, 타베르네탈은 루가노의 북쪽 지역의 이름을 비슷하게 바꾼 것이다. 그리고 숲 속의 포도주 주점인 그로토도 실제로 몬타뇰라 인근에 몇 곳 자리하고 있다.

등장인물 가운데 상당수도 실제 인물과 연관시켜 볼 수 있다. 클링조어의 친구로 등장하는 루이스는 스위스의 화가 루이 므와예(1880~1962)가 모델이다. 실제로 헤세와 절친한 친구였으며, 헤세의 권유로 카사 카무치로 이사를 와서 그와 평생 지기가 된 인물이다. 므와예는 표현주의 청기사파 화가들과 밀접하게 교류했으며 파울 클레, 아우구스트 마케와 절친하게 지냈다. 3장 '카레노에서 보낸 하루'에 등장하는 아고스토는 스위스 조각가 파올로 오스발트, 에어질리아는 파올로의 부인인 이탈리아 화가 마르게리타 오스발트토피, 박사는 헤세의 후원자이자 의사인 헤르만 보드머, 여류 화가는 보드머의 부인인 아니 보드머, 산악 지대의 여왕은 헤세가 1919년 여름에 처음 만나 1924년에 결혼하여 두 번째 부인으로 맞이하나 삼 년 만에 이혼하게 되는, 스무 살 연하의 루트 벵거를 모델로 하고 있다. 루트 벵거가 살던 집의 벽에는 꽃과 앵무새가 그려져 있었기 때문에 주변 사람들에게는 '앵무새 집'으로 통했다고 한다. 3장에 묘사된 이야기도 상당 부분 실제 경험을 토대로 하고 있다. 1919년 7월에 헤세가 므와예에게 보낸 편지를 보면 소설에 묘사된 내용과 유사함을 알 수 있다.

우리는 카로나에도 들러서 둥근 대포알과 자줏빛 게네로소 산을 다시 보았네. 가냘픈 소녀 루트*가 불꽃같이 붉은 옷을 입고 돌아다녔고, 아주머니 한 분과 개 두 마리도 곁에 있었네. 그리고 유감스럽게도 엄청난 피아노 소리, 멋진 곡예단 같았네. 모든 것은 가파른 산비탈 어디엔가 있던 어두운 그로토에서 끝났네. 불을 켠 기차가 아래쪽에서 질주하며 지나갔고, 사람들은, 여인들은 물론 나무줄기와도 키스를 했네. 끔찍하리

---

* 루트 벵거.

만치 아름다웠다네.

그러나 헤세는 주변 인물과 지리적인 여건을 작가적인 상상력으로 차용했을 뿐, 그것이 결코 작품 내용에 결정적인 영향을 주지는 않는다. 5장 '몰락의 음악'에 등장하는 아르메니아 점성술사는 엔지니어이자 건축가인 요제프 엥글러르트를, 7장 '매정한 녀석 루이스에게 보내는 편지'에 등장하는 토끼 사냥꾼 콜로피노는 쾰른의 담배 상인이자 친구인 요제프 파인할스를 작가적 상상력의 유희에 간접적으로 포함시킨 것이지만, 에디트라는 인물이나 클링조어가 지속적으로 사랑을 표현하는 대상인 지나는 실제 인물이 아니라 문학적 상상력으로 가공된 허구적인 인물이다.

무엇보다도 중요한 인물은 주인공인 클링조어일 것이다. 클링조어라는 이름이 최초로 등장하는 문헌은 중세의 서정시인 볼프람 폰 에셴바흐의 『파르치팔』로, 클링조어가 마술사로 등장한다. 그리고 독일의 초기 낭만주의 작가인 노발리스의 『하인리히 폰 오프터딩겐』(일명 『푸른 꽃』)과 바그너의 악극 「파르치팔」에도 등장하는데, 헤세의 클링조어는 바그너의 작품에서 영향을 받았을 가능성이 크다고 추정된다. 또한 클링조어는 여러 면에서 작가 헤세와 동일시된다. 이 작품을 창작할 당시 헤세는 작품 속의 클링조어와 같은 마흔두 살로, 술을 좋아했고 그림을 그렸으며 동양 사상에 관심이 있었다. 두 사람 모두 죽음을 앞둔 절체절명의 한계 상황에 놓여 있었다는 것도 유사하다. 하지만 클링조어는 작품 곳곳에서 시인 헤르만이나 이태백과도 부분적으로 동일시되는 것으로 드러난다. 다른 한편으로 주인공 클링조어는 화가 고흐를, 친구인 루이스는 고갱을 연상시킨다. 일례로 고흐는 아를에 터를 잡고 고갱을 초대해 같이 작품 활동을 하던 중 의견 차이로 다툰 후 심각한 우울증에 시달리다가 예리한 면도칼로 자신의 귀를 자르게 되고, 고갱은 아를을 떠나고 만다. 그 밖에도 클링조어와 고흐를 연결하는 요소는 많지만, 양자를 하나로 묶는 가장 중요한 고리는 무엇보다도 열정적인 예술혼이라 할 수 있다.

3. 헤세와 그림

헤세는 일찍부터 음악과 인연을 맺었다. 그는 열한 살에 바이올린 교습을 받고 마울브론 신학교에서 오케스트라 활동을 했다. 반면에 그림과의 인연은 상대적으로 늦은 편이었다. 그는 1914년부터 내우외환에 시달리면서 신경이 마모되는 것을 느끼고 정신 분석 치료를 받던 도중인 1916년에 의사의 권유를 받아 치료의 일환으로 그림을 시작했으니, 마흔 살쯤에 처음 인연을 맺은 것이다. 그는 1916년부터 1917년까지 그림 그리기에 몰두하는데, 전쟁 포로들에게 보내는 크리스마스 엽서 수백 장을 밤새도록 손수 그리면서 짧은 기간에 아마추어 수준을 벗어나게 된다. 그리하여 1919년에 출간한 『동화』 중 「험난한 길(Der schwere Weg)」의 삽화를 직접 그릴 정도의 실력을 갖추게 되었다. 그는 생계를 위해서는 물론, 형편이 어려운 다른 사람들을 돕기 위해 그림과 시화집을 팔기도 했다. 그가 그린 그림들은 정신적으로나 물질적으로나 그토록 지난한 상황에서 그가 얼마나 고통스럽고 힘든 길을 갔는지에 대한 증거가 된다. 헤세에게 그림은 정신적·물질적 생존을 위해 불가결한 것이었다.

마흔 살이 다 되어 그림 그리기를 시작해서 단기간에 전문가의 수준까지 도달한다는 것은 결코 쉬운 일이 아니다. 독일의 표현주의 작가 클라분트는 1920년 《책벌레》지에 기고한 『클링조어의 마지막 여름』에 대한 서평에서 이 작품이 헤세의 이전 작품과는 다른, 새로운 면모를 보여 주고 있으며, 무엇보다 뒤늦게 그림 공부를 시작한 헤세가 이 작품에서 그림에 대한 놀라운 열정을 보여 주고 있다고 극찬한다.

헤르만 헤세는 그 연배에서 유일하게, 마흔의 문턱에서 새로운 꺾꽂이를 하여 제2의 청춘의 불꽃을 높이 피워 올린 인물이다. (중략) 헤세는 다른 사람이 되어 버렸다. 그는 더 이상 소도시 이야기나 『크눌프』를 쓰는 부드러운 헤세가 아니다.

정신과 육체가 특정한 방향으로 굳어진 나이인 마흔, 이 나이에 새로운 분야에 뛰어들어 일가를 이루기 위해서는 얼마나 부단한 노력이 필요했을 것인가. 고정관념을 버리고 항상 새로운 것을 인식하고 맞이할 준비가 된 열린 마음과 꾸준한 노력 없이는 불가능한 일을 헤세는 이루어 낸 것이다.

그는 여든 살에 어느 독자에게 보낸 편지에서 자신이 할 수 있는 "가장 아름다운 두 가지 일은 음악 연주와 그림 그리기"이며, 힘들고 어려울 때 음악과 그림이 많은 도움을 줬다고 말한다. 헤세는 화가나 음악가와 많은 교제를 나눴다. 그렇다고 그가 특정 화가나 특정 화풍의 영향을 받은 것은 아니다. 그는 자신만의 고유한 화풍을 발전시켜 나갔는데, 큰 범주에서 보자면 표현주의와 유사하다고 할 수 있다. 그림을 그리게 된 동기를 보면 알 수 있듯이, 그에게 그림은 단순한 취미 이상이었고, 필사적인 생존의 문제였다. 1925년의 편지에서 헤세는 "내 생애 가장 힘든 시기에 처음으로 그림을 그리려는 시도가 나에게 위안을 주고 나를 구원하지 않았더라면 나는 이미 오래전에 저 세상 사람이 되었을 것이다."라고 한 바 있다. 헤세의 그림에서는 색채와 음악성이 긴밀하게 상호 작용하고 있다. 이러한 상호 작용은 시나 산문 등 문학과 그림의 관계에 있어서도 마찬가지이다. 1924년의 어느 편지에서는 "그림이 없었다면 저는 시인으로 이 자리까지 도달하지 못했을 것입니다."라고 고백하기도 한다. 헤세는 문학과 그림에서 눈에 보이는 그대로의 현실을 모사하는 것이 아니라 그것이 상징하는 바를 중개한다. 목적만 추구하는, 불신으로 분할된 세계에 긍정적인 교정 수단, 대안적 유토피아를 보여 주는 것이다. 1919년에 창작된 시 「색채의 마술」은 그림, 색채의 향연, 마술, 혼돈, 새로운 삶의 창조 등과 같은 『클링조어의 마지막 여름』의 소재와 주제를 잘 담아내고 있다.

색채의 마술

신의 숨결이 때때로 느껴진다네,
하늘 위에서, 하늘 아래에서.
빛은 수천 가지 노래를 부르고,

신은 다채로운 색으로 세상이 된다네.
하양이 깜장으로 따뜻함이 차가움으로
변모하는 것을 항상 새롭게 느낀다네,
언제나 격렬한 혼돈에서부터
무지개는 새롭게 생겨난다네.

이렇듯 우리의 영혼을 통해
신의 빛은, 창조하면서 행위하면서,
수천 가지 고통과 행복으로 변모한다네,
그리하여 우리는 그를 태양이라 찬미한다네.

4. 헤세와 표현주의

다른 작품과는 달리 『클링조어의 마지막 여름』을 전반적으로 지배하고 있는 색채는 붉은색이다. 붉은색 계통의 형용사를 많이 사용하고 있을뿐더러, 클링조어가 꺼내 읽는 시집의 표지도 붉은색이고 산악 지대의 여왕이 입은 옷도 붉은색이며 자주 등장하는 포도주의 색도 붉은색이다. 또한 여러 곳에서 등장하는 그림이나 스케치 묘사에서도 지배적인 색채는 붉은색이다. 붉은색은 심리적으로 온기, 에너지, 생명, 열정, 사랑, 청춘, 에로스, 죽음 등을 의미한다. 죽음을 앞두고 있는 화가 클링조어 개인적인 측면에서 보자면, 붉은색은 정신과 육체가 소진되어 가는 상황에서 마지막 생명의 불꽃을 한꺼번에 태우려는 노력과 연관이 된다.

붉은색은 또한 어둠이 내리기 이전의 노을을 상징하기도 하며, 이 작품의 중요한 소재 가운데 하나인 '몰락'과도 연관이 된다. 예술가들과 문인들에게는 '몰락'이라는 말이 세기 초부터 낯선 단어가 아니었으며, 1차 세계대전이 끝난 뒤 '유럽의 몰락'이라는 슬로건이 상당히 보편화된 상태였다. 이는 국가의 몰락이나 정치적 몰락이 아니라, 낡은 것을 거부하고 새로운 것의 등장을 기대하며 긍정하는 문화적 현상을 의미한다. 이는 세기말과 세기 초에 등장했던 여러 예술 사조와 견해를 같이 하는 것이며, 특히 표현주의와 일맥상통한다. 헤세는 특정 예술 사조보다는 예술가 개개인에 더 관심을 두었지만, 표현주의에 대해서는 일찍이 관심을 가졌다. 이는 1914년에 발표한 논평 「청년들의 시」에 잘 드러나 있다. 헤세는 이 글에서 스스로를 '장년'으로 칭함으로써 애초에 '청년' 표현주의자들과 일정한 거리를 유지하고 있기는 하나, 카를 슈테른하임, 카시미어 에트슈미트 등의 시에서 드러나는 내면 지향적 경향에는 동조했다. 특히 "정신적 체험의 순간을 보존하려는" 표현주의자들의 시도를 매우 긍정적으로 평가했다. 그리고 표현주의자들이 "새로운 근심, 새로운 감정, 새로운 표현"을 찾으려 하고 "새로운 표현 수단을 추구하는 노력"에 대해 매우 높이 평가했다. 표현주의자들이 모든 면에 있어서 '과거와의 단절'을 주장했다면, 헤세는 이를 문화적인 면에 국한했다고 볼 수 있다.

헤세 스스로도 표현주의자들과 거리를 두었듯이, 헤세 연구자들도 헤세를 표현주의자들의 범주에 귀속하지는 않는다. 그러나 『클링조어의 마지막 여름』만을 놓고 본다면 사정이 조금 달라진다. 이 작품은 기존 전통과의 단절, 원시성에 대한 동경,

새로운 표현 형식 및 새로운 표현 기법 등의 추구라는 측면에서 표현주의 범주에 귀속될 수 있을 것이다. 또한 헤세는 주인공인 클링조어를 표현주의 화가로 설정하고 있다.

　　대도시의 빌어먹을 신문이 내 사진을 싣고 그 아래에다 "탁월한 화가, 표현주의자, 위대한 색채파 화가가 이달 16일에 죽다."라고 쓸 것이다.(본문 58~59쪽)

이 작품의 문체는 매우 독특하다. 문법적인 규범에서 벗어난 문장들도 많고, 심한 경우에는 대여섯 개의 형용사가 하나의 명사를 수식하기도 하며, 특히 그림이나 풍경을 묘사하는 부분에서는 하나의 문장이 수많은 쉼표로 연결되어 반 페이지를 넘어가는 경우도 허다하다.(번역 과정에서 가능한 한 원문의 문체를 흉내 내려 했지만, 역자의 능력이 미치지 못해 여러 개의 문장으로 분절할 수밖에 없었다.) 이러한 문체는 한편으로 내면의 생각이나 사고 과정을 그대로 글로 옮긴 것이라고 볼 수 있으며, 다른 한편으로는 문장이나 구(句)를 쉼표로 분절한 것이 그림을 그릴 때의 붓질을 흉내 낸 것이라고 볼 수도 있다. 이렇게 그림을 그리는 듯한 글쓰기를 함으로써 헤세는 글로 그림을 그리는 독특한 문체를 선보였다. 헤세가 1920년 1월 바젤에서 있었던 첫 번째 수채화 전시회를 즈음하여 바젤의 일간지 《나치오날 차이퉁》에 기고한 글에서는 그의 예술관이 잘 드러난다.

　　저의 그림과 문학 사이에는 어떤 간극도 없으며, 저 또한 여기에서 자연주의적 진실이 아니라 시적인 진실을 추구하고 있음을 여러분께서는 보시게 될 것입니다.

그는 이 글에서 그림과 문학이 매체는 다를지언정 동일한 목표를 추구하고 있으며, 기존의 자연주의적인 현실 모사가 아니라 내면적 진실의 표현주의적인 표현을 추구하고 있음을 밝히고 있다. 헤세의 초기 그림에서는 베른과 로카르노의 집들과 풍경들이 자연주의적인 세심함과 정확성을 강조한 섬세한 필치로 표현되고 있으나, 삼 년 후의 그림들에서는 세부적인 집착에서 벗어난, 표현주의에 가까운 강렬한 색채와 추상적인 형태가 드러난다. 『클링조어의 마지막 여름』에서 주인공이 추구한 새로운 형식의 그림과도 일맥상통하는 부분이다. 작품에서 클링조어는 눈에 보이는 대상을 객관적으로 모사하는 사실주의적 표현 방식에서 벗어나고자 노력한다.

　　자연은 수만 가지 색깔을 가지고 있는데, 우리는 그 단계를 스무 개 정도의 색으로 축소해서 머릿속에 집어넣고 있네. 이것이 그림이야. 우리는 결코 만족할 수 없음에도 비평가들을 먹여 살리는 데 도움을 줘야 한다네.(본문 20~21쪽)

클링조어가 집시들이 가설한 놀이동산의 회전목마와 천막을 그리는 장면에서, 헤세는 당대의 주류였던 자연주의적 표현을 넘어선 클링조어의 새로운 표현 방식을 다음과 같이 표현주의적으로 보여 준다. 그림을 그리는 행위 자체에서 그림을 창작하는 과정뿐 아니라 완성된 그림의 거칠고 격정적이고 강렬하고 화려한 색채와 형태까지도 드러내 보여 주는 것이다.

이보다 더 표현주의적인 표현이 있을까?

그는 증오로 가득 차서 집시들이 몰고 온 초록색 마차 아랫부분의 주름을 파리 블루로 할퀴듯 그려 넣었다. 그는 격분한 나머지 크롬 옐로를 방충석(防衝石) 모서리에 내동댕이쳤다. 그는 깊은 절망에 사로잡혀, 칠하지 않고 비워 둔 곳에다 치노버를 찍어서 튀어나온 하양을 죽여 버렸으며, 영속을 얻기 위해 피투성이가 되도록 싸웠고, 잔인한 신을 표현하기 위해 옅은 노랑과 나폴리 옐로로 고함을 쳤다. 그는 신음을 내면서 더 많은 파랑을 무미건조한 먼지투성이의 초록에 내동댕이치고, 간절히 기도하면서 마음속의 불을 저녁 하늘에 붙였다. 작은 팔레트는 불의 힘을 가진, 순수한, 섞이지 않은, 가장 밝은 색으로 가득 차 있었으며, 그 색들은 그의 위안, 그의 탑, 그의 무기고, 그의 기도서, 사악한 죽음을 겨냥하여 쏘는 그의 대포였다. 자주는 죽음의 거부였으며, 치노버는 부패를 조롱했다. 무기고는 훌륭했고, 작고 용감한 그의 군대는 광휘를 발했다. 재빠르게 발사하는 대포는 빛을 내며 위로 올려 퍼졌다.(본문 59쪽)

본문에서 표현했던 것처럼 그는 그림과 음악과 문학이 유사한 장르임을 자주 강조했으며, 나아가 정신과 감각의 이분법적인 사고를 통합하려고 시도했다.

감각적인 것이 정신적인 것보다 더 가치가 있는 것은 결코 아니네, 그 반대도 마찬가지고. 양자는 하나이고, 모두 똑같이 좋은 것이야. 자네가 어떤 여자를 포옹하든, 시 한 편을 쓰든,

그건 똑같은 것이란 말일세. 여기에 중요한 것, 즉 사랑, 불타오름, 사로잡힘 등만 있다면 자네가 아토스 산 위의 수도승이건 파리의 바람둥이건 마찬가지란 말일세.(본문 23~24쪽)

5. 헤세의 '몰락' 개념

통합적 사고를 보여 주는 인물이 클링조어이며, 이러한 사고를 가능케 하는 필연적인 과정이 '몰락'이다. 헤세에게 몰락이라는 개념은 현실적·물질적 몰락을 의미하는 것이 아니라, 카오스 속에서 새로운 질서가 싹 트는 것을 의미한다.

누구나 자신의 별을 가지고 있고, 누구나 자신의 신앙을 가지고 있습니다. 내가 믿는 것이라고는 단 한 가지, 몰락뿐입니다. 우리는 마차를 타고 심연을 건너고 있는데, 말들이 겁을 먹은 것입니다. 우리는 몰락하고 있습니다, 우리 모두, 우리는 죽을 수밖에 없습니다. 우리는 다시 태어나야 합니다. 커다란 전환점이 우리에게 닥쳐왔습니다. 위대한 왕, 예술에서의 위대한 변화, 서구 국가들의 위대한 파멸 등 무엇이든 마찬가지입니다. 낡은 유럽에 있는 우리에게 있어서 좋고 고유한 것은 모두 죽었습니다. 우리의 아름다운 이성은 망상으로 변해 버렸고, 우리의 돈은 종잇조각일 뿐이며, 우리의 기계는 쏘고 폭발시키기만 할 수 있을 뿐이며, 우리의 예술은 자살입니다.(본문 62~63쪽)

몰락이란 "존재하지 않는 어떤 것"(본문 63쪽)이다. 몰락이란 앞서 언급했듯이 기존의 문화적 분위기를 벗어나 새로운 예술을 잉태하기 위한 전제가 되는 것이다. 이러한 몰락 개념과 밀접한 연관 관계에 있는 개념이 '마술'이다. 헤세의 마술 개념은 인과론적이고 이성적이며 합리적인 서구의 몰락에 대한 토대이자 수단이 된다. 3장 '카레노에서 보낸 하루'에서 클링조어는 자신이 있는 '지금 여기'를 인도와 아프리카, 일본과 동일시(본문 39쪽)한다. 5장 '몰락의 음악'에서는 아시아 출신의 마술사가 클링조어에게 "당신은 시간을 지양했소?"(본문 68쪽)라고 질문한다. 이러한 태도는 기존의 논리적인 시·공간 개념을 부정하는 것이다. 마술은 전통적인 시간과 공간 개념을 극복 또는 초월하고 근원적인 것으로 회귀하여 새로운 탄생의 토대를 마련하는 수단이다. 헤세는 무수한 대립 쌍의 한쪽에만 뿌리를 두고 있는 서구의 전통적인 사고방식과 문화와 예술 등이 해체되고 몰락해야 새로운 탄생이 가능하다고 보았다. 그리하여 동양적 사고, 아시아적 모성, 동물적인 것, 아프리카의 원시성 등을 도입하고 이를 기존의 서구적인 사고방식에 통합하여 인식의 전환을 꾀한 것이다. 몰락은 모든 대립을 지양하고 대립쌍들을 통합하는 사고를 표현할 새로운 예술의 탄생을 예고하는 것이며, 클링조어의 자화상에서 최고조에 다다른다.

그들은 말한다. 에케 호모, 이것이 인간이라고. 말세의 지치고, 탐욕스럽고, 거칠고, 천진하면서도 세련된 우리 인간, 죽어가는, 죽고자 하는 유럽인이라고. 동경함으로써 고상하게 되고, 악덕으로 인해 병들고, 자신의 몰락을 앎으로써 열광적으로 생기를 얻고, 발전을 준비함과 동시에 퇴보가 무르익는, 똘똘 뭉친 열정이자 넌더리나는 권태, 모르핀 중독자가 독에 중독되듯 운명과 고통에 중독된, 고독한, 내면적으로 약화된, 태곳적의, 파우스트이자 동시에 카라마조프, 동물이자 현자, 적나라하게 노출된, 명예욕이라고는 털끝만큼도 없는, 완전히 벌거벗은, 죽음을 죽이기 위해 죽음에 대해 어린아이가 느끼는 공포로 가득한 동시에 권태에 지쳐 죽음에 대한 준비를 끝낸 유럽인이라고.(본문 92~93쪽)

이 초상화는 클링조어 개인의 자화상일 뿐 아니라, 헤세의 전기 작가 후고 발이 말한 것처럼 "죽어 가는 낭만주의자의 초상화"이며, 나아가 서구 합리적 사고의 권태와 노화에 몰락과 죽음을 선언하고 이 몰락으로부터 새로운 탄생을 일구어 내려는 시도를 가시화한 전환기의 초상화라고 볼 수 있다.

그림을 그릴 때 클링조어의 모습은 열정 그 자체이다. 눈의 통증에도 불구하고 며칠간 쉬지도 않고 작업에 매달린다. 그림에 대한 열정으로 자신의 생명을 불사르는 그의 모습은 자화상을 그릴 때 광기의 형태로 나타난다. 생의 욕구와 죽음의 예감 사이에서 광기와 도취에 사로잡힌 화가 클링조어가 열정적인 붓질로 그려 낸 자신의 얼굴에는 유럽 문화에 대한 진단이 표현되어 있다. 헤세는 본문에서도 인용한 니체의 선언적인 명제 '에케 호모'를 제목으로 삼은 서평에서 고흐에 관해 서술하는데, 여기에서 묘사된 고흐와 클링조어는 여러 면에서 유사성을 지니고 있다.

저는 빈센트 반 고흐의 삶을 묘사해 보려고 욕심을 낸 적이 여러 번 있었습니다. (중략) 빈센트의 화집을 꼼꼼히 들여다보면, 그의 열정적인 사유 능력, 신과 인간과 진리에 대한 맹목적인 사랑과 금방 맞닥뜨리게 되고 그것을 느낄 수 있습니다. 그리고 가장 힘든 투쟁과 가장 힘든 고통을 감내하도록 정해진 그의 숙명도 느낄 수 있습니다. 그림마다 들어 있는 필적, 명암의 리듬, 붓질의 움직임에는 이미 이 특별한 인간의 황홀경과 고통에 대한 증거가 거의 절규하듯 드러나 있습니다. 여기서 단순히 예술과 그림에 관해 말하고자 하는 것이 아닙니다. 화가로서의 삶이나 그 결과물도 중요하겠지만, 필자가 보기에 그것보다는 오히려 전범이 되는 운명, 거대한 고통을 받는 자로서의 삶, 제약되지 않은 자로서의 삶이 더 중요합니다. 그는 절대 우리가 세계와 기계 장치 같은 삶에 소진되도록 내버려 두지 않았습니다. '에케 호모'라는 말은 니체의 고백일 뿐 아니라, 마찬가지로 그와 대극(對極)인 이러한 삶에도 어울립니다. 우리가 톨스토이나 도스토옙스키의 여러 소설에서 느끼는 것, 즉 인간 본성의 거칠고 축축한 활기와 무조건성 같은 것들을 우리는 가슴 속 깊이 인식하고 이해하고자 하지만, 현실에서는 그러한 것들을 결코 만나지 못합니다. 그것은 반 고흐의 삶, 문명화된 서유럽의 한가운데에서 현실이 되었습니다. 현실이 되었고 끔찍한 순교가 되었습니다. 이러한 삶에 대한 이야기는 우리 시대가 후세에 물려줄, 얼마 남지 않은 유산 가운데 하나입니다.

6. 나가면서

그런 다음에야 그는 세수를 하고, 면도도 하고, 새 속옷가지
와 옷을 걸치고 시내로 가서 지나에게 선물할 과일과 담배를
샀다.(본문 97쪽)

인용한 대목은 이 작품의 마지막 문장이다. '마지막 여름'이
라는 제목이 암시하는 죽음에 대한 징후는 생뚱맞게도 마지막
구절에서 전혀 드러나지 않고 있다. 그럼에도 작품을 처음부터
찬찬히 읽은 독자라면 술과 여자를 좋아하는 병든 화가 클링
조어의 죽음을 어렵지 않게 짐작할 수 있을 것이고, 모든 고통
을 감내하면서 새로운 그림을 창조하기 위해 한여름의 작열하
는 햇볕처럼 남은 삶을 소진한 그의 마지막 열정을 쉽게 잊지
못할 것이다. 그의 육신은 흙과 섞이고 바람에 날려 사라지겠
지만 그가 남긴 그림은 시간을 초월하여 후세에 전해질 것이
고, 그의 이름 또한 시공을 초월하여 예술사에 신기원을 이룩
한 화가로 세인들의 입에 오르내리게 되리라.

이 작품을 읽은 독자라면, 자신이 살아가는 방식에 관해 한
번쯤 의문을 던져 볼 만도 하다. 오늘날 우리는 왜, 무엇 때문
에, 어떻게 살아가고 있는가? 클링조어처럼 자신이 소중하게
여기는 것, 자신이 원하는 것을 위해 의지를 굽히지 않고 살
아가고 있는가? 오로지 '더 많은' 돈을 벌기 위해 다른 소중한
것들을 놓치고 있지는 않는가?

비논리적이고 상상력을 요구하는 문장들이 많아 우리말로

옮기는 과정에서 많은 분들의 도움을 받았다. 그럼에도 오역에 대한 두려움을 떨칠 수가 없다. 오역에 관한 책임은 당연히 역자의 몫이다. 번역 과정에서 음으로 양으로 도움을 주신 모든 분들께 감사드린다. 그리고 이 번역서를 읽고 질책을 해 주실 미래의 독자들께도 미리 감사드린다. 먼지가 수북 쌓였던 번역 원고가 세상의 빛을 볼 수 있게 된 데는 민음사 편집부의 도움이 컸다. 깊이 감사드린다.

2009년 11월

황승환

작가 연보

1877년   7월 2일 독일 남부 뷔르템베르크 주의 칼브에서 선
         교사의 아들로 태어남. 외조부는 유명한 인도학자이
         자 선교사인 헤르만 군더르트.

1881~1886년   부모와 함께 스위스 바젤에 거주. 1883년에는
         스위스 국적 취득.(그전에는 러시아 국적이었음.)

1886~1889년   칼브로 되돌아와 학교에 들어감.

1890~1891년   괴핑겐에 있는 라틴어 학교에 다님. 뷔르템베
         르크 국적 취득.

1891~1892년   마울브론 수도원 학교에 입학하나, 시인 말고
         는 아무것도 되려 하지 않았기 때문에 칠 개월 뒤
         도망침.

1892년   6월에 자살을 기도하고, 8월까지 슈테텐 신경과 병
         원에 입원. 칸슈타트 김나지움 입학.

1894~1895년   칼브의 시계 공장에서 견습생으로 일함.

1895~1989년　　튀빙겐의 헤켄하우어 서점에서 견습생으로
　　　　　　　　일함. 『낭만적인 노래들(Romantische Lieder)』 출간.

1899년　　소설 『고슴도치(Schweinigel)』 쓰기 시작(원고 미
　　　　　　발견). 『자정 이후의 한 시간(Eine Stunde hinter
　　　　　　Mitternacht)』 출간.

1901년　　첫 이탈리아 여행.(피렌체, 제노바, 라베나, 피사, 베네
　　　　　　치아.)

1902년　　『시집(Gedichte)』 출간.

1903년　　두 번째 이탈리아 여행.(피렌체, 베네치아.)

1904년　　『페터 카멘친트(Peter Camenzind)』 출간. 마리아 베
　　　　　　르누이와 결혼. 6월 보덴 호수 근처의 가이엔호펜으
　　　　　　로 이사. 연구서 『보카치오(Boccaccio)』와 『프란츠 폰
　　　　　　아시시(Franz von Assisi)』 출간.

1905년　　첫아들 브루노 태어남.

1906년　　『수레바퀴 아래서(Unterm Rad)』 출간. 잡지 《3월
　　　　　　(Marz)》 창간.

1907년　　중단편집 『이 세상에(Diesseits)』 출간.

1908년　　중단편집 『이웃들(Nachbarn)』 출간.

1909년　　둘째 아들 하이너 태어남.

1910년　　장편 『게르트루트(Gertrud)』 출간.

1911년　　시집 『도중에(Unterwegs)』 출간. 셋째 아들 마르틴
　　　　　　태어남. 인도 여행.

1912년　　단편집 『우회로들(Umwege)』 출간. 스위스 베른으로
　　　　　　이주.

1913년　　인도 여행 경험을 바탕으로 『인도에서 — 인도 여

행의 기록(Aus Indien. Aufzeichnungen einer indischen Reise)』 출간.

1914년   장편 『로스할데(Roßhalde)』 출간. 전쟁 초에 군 입대를 자원하나, 부적격 판정을 받고 베른에 있는 독일 전쟁 포로 구호소에 복무하며 전쟁 포로들과 억류자들을 위한 잡지 발행. 자신의 출판사를 만들어 1918년에서 1919년까지 스물두 권의 소책자를 펴냄.

1914~1919년   전쟁에 반대하는 수많은 정치적 논문, 경고 호소문, 공개서한 등을 독일, 스위스, 오스트리아 신문과 잡지들에 발표.

1915년   『크눌프 — 크눌프 삶의 세 가지 이야기(Knulp. Drei Geschichten aus dem Leben Knulps)』 출간. 단편집 『길가(Am Weg)』, 신작 시집 『고독한 사람의 음악(Musik des Einsamen)』, 단편집 『청춘은 아름다워라(Schon ist die Jugend)』 출간.

1916년   부친 사망, 아내와 막내아들의 병으로 신경 쇠약 발병. 첫 심리 치료를 받음.

1919년   정치적 유인물 『차라투스트라의 귀환 — 어느 독일인이 독일 젊은이들에게 보내는 한마디(Zarathustras Wiederkehr. Ein Wort an die deutsche Jugend von einem Deutschen)』 익명 출간, 이듬해 베를린에서 실명 출간. 스위스 몬타뇰라의 '카사 카무치'로 이사하여 1931년까지 거주. 『데미안 — 한 젊음의 이야기(Demian. Die Geschichte einer Jugend)』를 에밀 싱클레어라는 가명으로 출간. 『동화(Marchen)』 출간.

잡지 《비보스 보코(Vivos voco)》 창간 발행.

1920년   열 편의 시에 색채 소묘를 곁들인 사화집 『화가
의 시들(Gedichte des Malers)』과 『방랑(Wanderung)』
출간. 단편집 『클링조어의 마지막 여름(Klingsors
letzter Sommer)』 출간. '혼돈을 들여다보기(Blick ins
Chaos)'라는 제목으로 도스토옙스키에 대한 에세이
출간.

1921년   『시선집(Ausgewahlte Gedichte)』 출간. 창작 위기. 융
의 정신 분석 받음. 『테신에서 그린 수채화 열한 점
(Elf Aquarelle aus dem Tessin)』 출간.

1922년   『싯다르타(Siddhartha)』 출간.

1923년   『싱클레어의 수첩(Sinclairs Notizbuch)』 출간. 마리아
베르누이와 이혼.

1924년   스위스 국적 재취득. 루트 벵거와 재혼.

1925년   『요양객(Kurgast)』 출간.

1962년   『그림책(Bilderbuch)』 출간. 프로이센 예술원 문학 분
과의 국제위원으로 선출됨.

1927년   『뉘른베르크 여행(Die Nurnberger Reise)』, 『황야의
이리(Der Steppenwolf)』 출간. 50세 생일을 기해 후고
발이 쓴 헤세 전기 출간. 루트 벵거와 이혼.

1928년   『관찰(Betrachtungen)』과 『위기 — 일기 한 토막
(Krisis. Ein Stuck Tagebuch)』 출간.

1929년   신작 시집 『밤의 위로(Trost der Nacht)』 출간.

1930년   『나르치스와 골드문트(Narziß und Goldmund)』 출간.

1931년   니논 돌빈과 재혼하면서 몬타뇰과 변두리의 '카사

로사(카사 헤세)'로 이사. 『내면으로의 길(Weg nach innen)』 출간.

1932년 『동방순례(Die Morgenlandfahrt)』 출간. 1943년까지 『유리알 유희(Das Glasperlenspiel)』 집필.

1933년 『작은 세계(Kleine Welt)』 출간.

1934년 시선집 『생명의 나무에서(Vom Baum des Lebens)』 출간.

1935년 『우화집(Fabulierbuch)』 출간.

1936년 『정원에서 보낸 시간(Stunden im Garten)』 출간.

1937년 『기념첩(Gedenk-Blätter)』, 『신 시집(Neue Gedichte)』, 『마비된 소년(Der lahme Knabe)』 출간.

1939~1945년 독일에서 헤세의 작품이 불온하다고 간주되어 『수레바퀴 아래서』, 『황야의 이리』, 『관찰』, 『나르치스와 골드문트』가 더 이상 인쇄되지 못함. 히틀러 집권 기간인 1933년부터 1945년까지 독일에는 총 스무 권의 헤세 저서가 나와 있었는데, 십이 년 동안 총 481권의 문고본밖에 팔리지 않음. 그래서 전집은 스위스 프레츠 앤 바스무트 출판사에서 펴냄.

1942년 『시집(Gedichte)』이 취리히에서 헤세의 첫 시선집으로 나옴.

1943년 『유리알 유희』 출간.

1945년 시선집 『꽃 핀 가지(Der Blütenzweig)』, 미완성 소설 『베르톨트(Berthold)』, 『꿈의 여행(Traumfahrte)』 출간.

1946년 『전쟁과 평화(Krieg und Frieden)』 출간. 독일에서 헤

세의 작품이 다시 나오기 시작함. 프랑크푸르트 괴테 상 수상. 노벨 문학상 수상.

1951년 『후기 산문(Späte Prosa)』과 『서간집(Briefe)』 출간.

1952년 75세 생일을 기념해 선집 발간.

1954년 동화 『빅토르의 변신(Piktors Verwandlungen)』 출간. 롤랑과 주고받은 편지를 모은 『헤르만 헤세-로맹 롤랑 서한집(Briefwechsel : Hermann Hesse-Romain Rolland)』 출간.

1955년 후기 산문 『마법(Beschwörungen)』 출간. 독일 서적상협회로부터 평화상 수상.

1956년 바덴뷔르템베르크의 독일 예술 후원회가 헤르만 헤세 문학상을 위한 재단 설립.

1962년 바이블러가 쓴 헤세의 전기 『헤르만 헤세. 한 편의 전기』 출간. 8월 9일 몬타뇰라에서 사망.

세계문학전집 230

클링조어의 마지막 여름

1판 1쇄 펴냄 2009년 11월 20일
1판 22쇄 펴냄 2023년 5월 9일

지은이 헤르만 헤세
옮긴이 황승환
발행인 박근섭, 박상준
펴낸곳 (주)민음사

출판등록 1966. 5. 19. (제 16-490호)
서울특별시 강남구 도산대로1길 62(신사동) 강남출판문화센터 5층 (우편번호 06027)
대표전화 02-515-2000 팩시밀리 02-515-2007
www.minumsa.com

ISBN 978-89-374-6230-6 04800
ISBN 978-89-374-6000-5 (세트)

* 잘못 만들어진 책은 구입처에서 교환해 드립니다.

세계문학전집 목록

세계문학전집은 계속 간행됩니다.